三度目の
ひげ通信

JN126698

a Shiinnai

飛鳥

文芸社

目　次

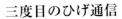

三度目のひげ通信

1 「なりたい自分になりなさい」

　大きくなったら俳優になりたい。大きくなったらコックさんになりたい。大きくなったらプロレスラーになりたい。大きくなったらマジシャンになりたい。大きくなったら漫画家になりたい。大きくなったら気球に乗って世界一周旅行をしたい。大きくなったら絵描きになりたい。大きくなったら先生になりたい。大きくなったらお医者さんになりたい。大きくなったら仮面ライダーになりたい。大きくなったらケーキ屋さんになりたい。大きくなったらウルトラの星に帰りたい。思えば様々な夢を思い描いた少年時代でしたが、どれ一つとして実現しなかった。まだこれからということもあるかもしれないが、現時点で今の仕事を考えると、どれにも当てはまらないのは確かだ。そしてこのことは決して珍しいことではないと思います。子供の頃に思い描いた通りの人生を歩んでいる人は、ほんの少しだと思います。多くの人はどこかで夢に折り合いをつけて現実を見つめながら生きているのでしょう。だけど、一つ気づいたことがあります。僕らの今の姿は子供の頃に描いた夢の影響を大きく受けていて、例えば歌手になりたかったけどならなかった人が介護の仕事に就いたとして、きっと歌の上手な介護士さんなのだと思う。マジシャンになりたかった歯医者さんは診察室での手品で子供をリラックスさせていたり。何

かしら現在の仕事に子供の頃の夢が活かされているのではないでしょうか？　また、夢によってはむしろ叶えずに自分の中にそっとしまっておいた方が嬉しいものもあります。温めるというのかなぁ。(o^―^o) ニコ
　　自分はいったいこれからどうなっていくのだろう？　これで本当によかったんだろうか？　あの時ああしていればこうはならず子供の頃の夢が叶っていたんじゃないだろうか？　様々な心の在り様や動きが、時として自分を責めることもあります。逆にあの時の判断があったから、そこそこ幸せで納得のいく今を生きていられると感じることもあるかもしれない。人生ってそんなことの繰り返しかもしれないけれど、諦めずに夢を重ねていけたらいいのだと思う。夢を描くのは自分次第。夢を叶えるのは自分の決意。自分がどう生きたいのか、自分は何になりたいのか、どう生きれば一番納得できるのか、好きなことを好きなように、もちろん人の迷惑になってはだめだけどね。自分がなりたい自分になればいいんだよ。自分の夢を押し殺して犠牲のように生きるのは良くないことです。良くないと言ってもそう生きるしかないと宿命を背負っている人もいるでしょう。辛くて苦しい道のりをひたすらに歩き続けている人からすれば、そんな呑気なこと言ってられないと思うかもしれない。だけれど、人はどんな状況に追い込まれていても、むしろそうであるなら尚の事、なりたい自分にならないと乗り越えられないで

しょう。あなたの人生は他の誰のものでもないのです。あなたの人生はあなただけのものなのだから、あなたがなりたい自分にならないと人生の目的が果たせないのだと思います。なりたい自分になって目指す道を歩き続けなさい。きっと「いい人生だった」とうなずける日が来るのでしょう。

2「スーパーバイザー」

　相談援助技術と呼ばれるモノの一つにスーパービジョンと呼ばれるものがあります。これは社会福祉士が養成課程で学ぶコミュニケーション技術の一つでもあります。スーパーは「超」、ビジョンは「観」と突き詰めることが出来ますから「超観？」こんな言葉ないよね。古くからある言葉で千里眼というのがありますね。見識の豊かな人の眼力を表す言葉であり、遥か遠くの事柄でも見通して言い当てたりする人物のことで、中国の故事・神話などにも登場しますね。見通しの明るい人というような捉え方でしょうか。「よく見える」、人の思いが、人の言いたいことが、このように捉えてゆくとコミュニケーション技術としてのスーパービジョンの輪郭が浮かび上がってくるような気がします。対人関係、特に対話の場面で使われますが、このテクニックは、実は持って回ってわざわざ使わなくても大抵の人が既にやっていることです。「傾聴、頷き、相槌、反復、要約」などです。これらの対話術

を理論的に体系づけたものをスーパービジョンと呼びます。普通にやっていることを、わざわざスーパービジョンと呼ぶのは何故でしょう？　それは意識しやすくするためです。何気なくやっていることを意識的に取り組むと、効果が変わると考えられているからです。一つの言葉で表すためには体系づけていないと無理ですね。傾向として対人援助技術の理論は後付けのものが多いように思います。学術としての歴史が浅いためにそういう印象が強いようにも思います。現実があり、現象を整理して文言化する作業が学問の役割だからですね。それは人類の歴史として記録する役割もありますし、携わる人々が情報と思想を共有するためでもありましょう。

　さてスーパービジョン、これはスーパーバイザーによる支援の場面で駆使される技術です。スーパーバイザーと呼ばれるのは、相談を受ける側であったり、指導者であったり、リーダーであったりします。話や訴えを聴く側です。対して、話す側のことをスーパーバイジーと表す用語があります。トレーナーとトレーニーみたいなものですね。もともとサンバイザーから取ったと言われる言葉ですから、ビーチやプールの監視員だとか、何かあったら頼る人がバイザーを付けているイメージが強かったのだと理解できます。なんともアメリカ的なイメージが強いですね。

　社会福祉に関する対人援助技術の多くは、というよ

り福祉的行為そのものが、もともとは民間の親切であったり、お坊さんや神父さん、シスターやブラザーの悩み相談や具体的な援助が、その源流に当たるということは容易に理解できます。聖徳太子の悲田院のように歴史の長い行政主導の福祉もありますが、多くは行政が対応しきれない事例や、ヨーロッパ諸国のように教会が役所の役割を担っていたり、そういった背景の中で発達した技術です。そのため国を挙げて専門家を養成しようと考えた場合、現に行われている行為や助言、活動を体系づけて明文化する必要に迫られるわけです。援助する人の心をマニュアル化する面もありますから非常に困難であるうえに、仮にマニュアル化が出来たとしても技量の差が大きくなってしまうことは容易に想像がつきます。人の心を動かすのは決まり文句ではなく、それを誰の口から発するのかが問題になってきます。その道のベテランの人の話術を全く経験のない新人が口真似したところで決して効果的ではありません。これっぽっちも似ていないモノマネを、可愛いアイドルだから許されるといった次元とは全く意味が違います。そんなこともありますから、勿論やらないよりやったほうがいいのですが、構築の難しい面を見過ごせないと思います。「こういう手法」があると知るだけでも援助者の心の状態が変わってくることと思います。そして、これは大きなことですが、バイザーにもバイザーが必要である点を忘れてはいけま

せん。

3「医療と福祉は目線が違う」

　医療モデルと社会モデルをテーマに書いたことがある。障害を本人の問題として訓練や治療によってそれを取り除こうと考えるのが医療モデル。そうではなくて障害は本人の問題ではなく環境に要因があるとし、環境を調整することで誰もが生きやすい社会を作ろうと考えるのが社会モデルだ。日本の社会は長い間、医療モデルを支持してきたが近年、社会モデルが支持されるようになってきた。人生の目的はリハビリではないし生涯を治療に費やしても幸せではないからだ。勿論、そんなことは大昔から分かっていたことだが、だからこそ幸せに生きるためにまずは治療、リハビリと考えられていたのだ。しかし、それで終わってしまっては納得できない。誰が？　一人一人の当事者です。誰の人生？　そこに目線をもっていけば支援の在り方が問われてくるのだ。

　介護に従事する知人が立派なお医者さんの話を聞いて感銘を受けたと言っていた。要約すると「どれだけ心があっても知識や技術が無ければいいケアはできない。逆に知識や技術があれば心があまり無くてもいいケアは一応できる。プロである以上しっかりと勉強しなさい」というのだが、いかにも医療従事者らしい物言いだと感じた。医療従事者は基本的に技術者だから

知識や技術を基礎にものを考えるのは当然で、それがなければ話にならないだろうと思う。だが、介護に関しては話が別だ。勿論、知識や技術が高いに越したことはないが、それがあればいいというものではない。高度な技術者が必ずしも良い介護者ではないのだ。私が若い頃に関わった老人保健施設でこんなことがあった。ベテランの介護職員が経験と知識と技術を駆使して説得できなかった利用者さんを、昨日今日現れた実習生の真心が対象者の気持ちを動かし見事に協力動作を得たのだ。偶然もあるかもしれない、虫の居所の問題かもしれない。だが、この出来事は知識や技術だけでは、だめなんだということを物語っている。医療従事者が向き合うのは患者をむしばむ病気で、治療に必要なのは知識と技術なのだ。ところが、介護従事者が向き合っているのは生活者自身なのだ。知識と技術がいらない訳ではない、それを使いこなす心が重要だということだ。「仏作って魂入れず」ではないが、どんなに優れた仏像を彫っても魂が入っていなければ誰の救いにもならないのだ。これは、どっちがどうと比較する話ではないのです。医療と福祉では見ているところが違うのです。だから、たまに話を聞けば「へぇ〜〜〜〜〜!!」と新鮮な気持ちにもなると思います。それはそれでよい刺激だと思います。が、見誤ってはいけないのは介護技術そのものが「介護を受ける人」への思いやりから出発しているという原点だ。だから

介護従事者の身体負担を軽減したり、業務効率を改善する目的で発達した技術や知識は別の話ですよ。そう、介護技術の原点は介護を受ける人への思いやりと慈しみの心が出発点だということ。つまり心を抜きには成立しないのだ。だからこの先生の語る「逆に知識や技術があれば心があまり無くてもいいケアは一応できる」この部分は看過できない。ただ、よく読むと「心があまり無くても」の部分。「**あまり**」と濁していることが救いになっている。先生は「心に自信のない人でも、最低限の知識と技術を身につけなさいよ」と励ましているのでしょう。って都合よく受け止めすぎですか？（＊´艸｀）

　人はどこを見ているかで価値観が変わってきます。だから目線が大事なのです。支援の計画を立てる時にはアセスメントと呼ばれる過程が重要です。本人のことを多角的に知るという過程です。この支援の出発点ともいえるアセスメントですが、ニーズをまとめるにあたっての目線が重要になります。誰の目線でニーズをまとめるかです。支援者の目線で「〇〇さんは、」と書き始めると、本人の本当のニーズとはずれてきます。本人目線で「私は、」と書き出せば的を射たニーズに近づきます。この書き方をしようと思うと自ずと本人の心に近づくからです。これは治療方針ではなく生活方針なのです。

　生きるということ。

4「決意と挫折と嘘つき」

　そんなつもりは全く無いんだよ。本当だよ。嘘をつくつもりはこれっぽっちもなかった。でも、もう信じてもらえないだろうね。狼少年のお話と一緒だね。僕たちの人生って、選択の連続で、何かを選べば何かを諦めて、その度に決意を新たにして「よし、こうしよう」って決めて歩き出すのだけど、弱さのために決めた通りに出来ないこともあって、小さな挫折を繰り返して「あ〜あ」って溜息ついて凹んでいるところへ「こないだ、こう言ってたじゃない」と責められて……。

　人生ってどうしてこうなんだろう、自分って駄目な人間なんだなぁって悪い状態に落ち込んでいってしまって、なかなかそこから抜け出せない。辛いよね。辛いんだけど、逃げる訳にはいかない時や、どうすることも出来ない時があって。ただ嵐が過ぎるのをじっと待つしかないのかなぁって。身を縮めて息を殺して生きる。自分はどんな悪いことをしたと言うんだろう？　痩せる痩せると宣言して痩せないのがいけないのだろうか？　止める止めると言っているのに、いつまでもタバコを吸っているのがいけないんだろうか？それとも、もう飲まないと言っていながら毎晩、晩酌してるから？　嘘ばかり。その時は本気なんだよ。本当に君の幸せが自分の幸せと思っていたんだ。だから

17

君といつまでも一緒にいたいと願ったし、そのための努力もした。でもいろんなことが上手くいかなかった。今となっては、何を言っても虚しいよね。なんてさ……。

　どんなに強く決意をしても思うように到達できないことってあって、結果として嘘をつくことになってしまう。わざとじゃないのに。こういう時を挫折っていうのかなぁ。どうしても上手くいかないことが続いて持ってる力を出せない時期をスランプと呼びますね。スランプという言葉には再起を期待する気持ちが込められているように思います。それがなければ「落ちぶれた」とか「転落」とか「失脚」とか言うのかなぁ。

　まるで最悪を絵に描いたような状態だね。それでもね、生きていてね。どんなに辛くても生きているということが、未来への希望です。絶望の向こうに何があるのかを見るもよし、再び力強く歩きだすのもよし。生きていればこそ、生きていなければ、見られない景色がある。光や音、風を感じる時に人は癒やされます。もちろん愛のある言葉で癒されるならそれに越したことはないです。そういう言葉を贈ってくれる人がいるなら幸いです。そういう人に恵まれないにしても、光や音、風があなたをやさしく包んでくれる。僕らには体があるから、会いたい人に会えない事も多い。だけれど、きっと世界のどこかにあなたのことを気にかけている人がいる。あなたが思いもよらない人かもしれ

ない。その人はあなたの幸せを心から願っている。1000人の人に嘘つきと呼ばれても、あなたの真実を知っている人が必ずいる。だから絶望しないで。希望を捨てないことが肝心です。僕と一緒に頑張ろうね。

5「自立と自給自足」

　自立支援って言う言葉があって。こうして書き出すのは何度目だっけ。自立って何だろう。僕自身も考え方は永遠ではないし気が付くこともあります。以前「隠れ蓑」というお話で自立支援の名のもとに、苦役を強いられている施設の入居者の悲哀を書きました。当時の多くの介護現場を支配していた自立支援観は「自分でできることは自分でやってもらって機能を維持する」というもので、廃用症候群のリスクを軽減する点では評価できます。ですが、これも行き過ぎるとお年寄りの顔から笑顔が消えます。「自立」をどう見るかです。福祉、とりわけ介護の根本概念には「様々な要因で自立した社会生活を送るのに介護を必要とする者」に提供されるのが介護サービスです。では自立した社会生活とはなんだろう。介護サービスを受けていない僕たちは、逆に言えば自立した社会生活を送っているんだよね。僕らは自分でできることは全てやってる？　一人暮らしだと身の回りのことは一通り、全部、自分でするけど、通販で買い物したりデリバリーを利用したりしない？　レストランで厨房まで料理を

取りに行ったりしている？　程度の差や品目に違いは
あるけど多かれ少なかれ自立した社会生活を送ってい
る人でさえ、自分でできることも人に手伝ってもらっ
て社会は成り立っていますよね。というか、こうして
関わりあってお互いに役目を担っているから社会じゃ
ないですか。自分で何でもするというのはどちらかと
いうと、社会との関わりを断って自給自足している人
をイメージしてしまいます。社会の中で自立するとい
うのは社会を上手く活用して、その人らしく生きるこ
となのだと思います。その人らしく生きるというのは
誰かに決められたように生活するのではなく自分でこ
うしたい、ああしたいと決めて生活することではない
ですか？　足が衰えて歩けなくなったなら車いすを使
いますよね。自分で操作できれば、その方がいいけど
「しんどい」「めんどくさい」事情は諸々だけど漕げな
いなら押してもらえばいいじゃないですか？　声高に
自立支援を叫び「自分でやりなさい」を強要するのは
介護力不足を誤魔化しているようにも思える。「ごめ
んなさい、待ってもらえませんか？　どうしても急い
でいるなら自分で行けるところまで行ってください」
このやり取りを正直に伝えればいいじゃないですか。
格好つけずにさ。「うちの施設はアットホームなんで
すぅ」といえば聞こえがいいけど、実際に訪ねて行く
とスタッフが敬語を使えず、ただ馴れ馴れしいだけ
だったとか……残念ですよね。児童福祉の現場で、本

人のために躾ですからと虐待寸前の恐怖の館だったり。これらは「自立支援」や「指導」の解釈を捻じ曲げて本来の使い方がなされていないのだと思います。多くの場合巧妙にすり抜けているという悪意のものではなく、支援者の弱さが招く無意識の逃避なんだと思います。だから厄介なんです。故意や悪意であれば対策もありますが無意識だから手が打ちにくい。ズバッと指摘して世直しするしかないのでしょう。

　自立支援って社会資源を使いやすい手の届くところへ持ってくることじゃないのかなぁ。

6「無限の青空」

　都会は背の高い建物が多いから空が狭いね。でも、見えてる空がどんなに小さくても見えないところに空は無限に広がっているよ。それが希望なんだろうね。悲しみに押しつぶされそうな時や、辛くて膝が折れそうな時、苦しくて胸がつぶれてしまいそうな時、たいして我儘なことは考えていないのに思うようにいかないことって結構多いよね。そんな時はさ、どんな些細なことでも、いいことを見つけようよ。これはね、自分をごまかすことじゃないんだ。現実から目をそらすことじゃない。深呼吸をしようよ。6秒ぐらいかけてゆっくりと。きっと見失ったものや、見えなかったものが見えるよ。やりきれない「もやもや」をため込んで生きているなら、吐き出しちゃおうよ。辛いことや

悲しいことって何かを教えてくれることもある。だから出来事自体は受け入れてもいいけど、いつまでも思いを抱えてしまうと辛いだけだから。あなたには笑顔が似合うのだから。余計な重荷は肩から下ろしてあなたの輝く笑顔を見せてください。涙の溜まった瞳では空の青さがにじんでしまうよ。泣いてもいいさ。泣きたいときは涙が涸れるまで泣けばいい。遠慮はいらない。でもさ、ひとしきり泣いたら顔を上げて歩き出そうよ。たくさん雨が降った後って虹が出るよね。あなたの心も同じだよ。たくさん泣いて涙が止まった後はきっと虹がかかるよ。きっとその虹があなたをもっともっと魅力的に見せるんだよ。だからと言って、わざわざ泣くのはおかしいけどね。(o^—^o) ニコ

　展望台や、高い建物、見晴らしのいい所から眺める景色は空が広いよね。高い所へ登らなくても、海沿いなんかでも広々とした空が眺められる。海沿いの風景は空も広いし、水平線も見えるし心が解放されていいよね。昔の人が海の向こうに夢を思い描くのもうなずける。人の性格によって大きく二つに分かれるように思います。まだ見ぬ空の下にワクワクと夢を思い描く人、知らない空の下は不安に満ちていて、そんなところへは行きたくない人。この性質の違いがあるから人類は進歩と伝統の調和を保てるのかもしれません。十人十色というけど、考え方や価値観の違いで衝突も起こるけれど、だからこそ世界は豊かなんだと思います。

人の感じ方がみんな一緒だったら争いは起きないかもしれない、だけどきっと前に進んでゆかない気がするんだ。あ、勿論だからと言って争いも必要とか言ってる訳じゃないよ。争いは無益ということに変わりはない。ただ、考え方や感じ方を一つにする必要はないということ。中にはそれを強要したがる人もいるけど、痛みを感じます。押し付けられることが痛いんじゃなくて、押し付けたいと思っている人を思うと残念な気持ちになるというか、その人自身が気づいていない悲哀を感じるというか、自分ではない人を認めればもっと豊かに幸せに生きられるのにな……って思うのです。そんな人にこそ空を眺めてもらいたい。空は誰の頭の上にも分け隔てなく広がっているのだから。

7「翼の10年」

「翼の思うようにしたらいい」この子は難病を背負ってしまって、小さな時からの夢だったラグビーが続けられないかもしれない。10年前に幼い子の手を引いて若い夫婦はTV局の企画に参加しました。それは10年後の自分に向けて手紙を書くといった企画です。ある時期、タイムカプセルが流行しました。そんな背景もあったのだと思いますが、今日この日の思いを未来の自分に向けて送るのです。お父さんが大好きなラグビー、僕もラグビーが好きになった。ボールを追って走るとき、仲間とスクラムを組んで渾身の力を絞り出

すとき、練習がどんなに苦しくても応援してくれるお母さんの優しい目を見ると頑張れる。お父さんの力強い声が耳に届くと頑張れる。10年後の僕は、ラグビーの大きな大会で活躍している。オールジャパンに選抜されることが3人の夢になった。小柄な彼はラグビープレイヤーとしては不利だ。だが彼は努力と情熱でそれをはるかにカバーして音に聞こえたプレイヤーに育った。運命を変えてしまうと絶望を感じた巨大な壁が目の前を閉ざしたあの日まで。その日は本当に辛かった。中学校の健康診断で異常が見つかり、病院で検査を受けると20000人に1人の場合によっては死に至る難病であることが解った。力を合わせて夢を描いた3人の親子は路頭に迷った。どうしていいかわからず涙が止まらなかった。でも母や父はその涙を見せなかった。私が泣いてしまっては、この子が頑張れないから。小さく産んでしまってごめんね。私がもっと丈夫に産んであげていれば。母は自分を責めた。父は母の肩を抱いて労った。「お前のせいじゃない」。医者からはラグビーを止められ安静な生活を送るように指示された。僕はもう夢を観ちゃダメなのかなぁ。どん底の気分だった。表情からは笑顔が消えた。家庭からは笑い声が消えた。

「翼の思うようにしたらいい」両親はそう言った。

　投薬治療の可能性を知り翼はもう一度立ち上がった。投薬治療と練習を両立し彼はひたすら走った。この

10年間には他人では想像もできない悲しみと、そこから這い上がったドラマがあったのだ。這い上がったどころか、さらに彼は羽ばたいた。彼はラグビー留学のため日本を離れてラグビー大国オーストラリアを走っているのだ。まさに翼を広げて羽ばたいているのだ。将来が楽しみなラガーマンの誕生だ。この子の誕生日ごとに手紙を綴った母が未来への手紙を書いた。その中に、この10年の中で言えずに残っていた言葉があった。「大きく健康に産んであげられなくてごめんね」という言葉だ。マイナスな言葉を口にすると、すべてが崩れてしまいそうで言えなかったのだ。だが翼は今力強く羽ばたいている。その日を迎えたから語れる言葉なのだ。10年の時を超えて届いた手紙が伝えた言葉だ。翼は母にこう返している。「小さく産んでくれたから、負けないぞという気持ちが備わったのだし、こうして頑張れているんだと思う。だから、そんな風に自分を責めないで」。この愛に満ちた小さな家族の夢が叶うことを祈りたい。

8 「ゆがんだクリップ」

　歪んだクリップと巡り合った。

　事務仕事をしているとクリップがどれだけ補充しても足りない時と、逆に手持ちの容器に収まりきらないほど戻ってくることがあります。網がはちきれんばかりの大漁なのか、籠に入りきらない豊作の果実なのか、

蒔いた種の何倍もの実りをもたらすことは大きな恵ですね。こうして何倍もの量になって戻ってきたクリップの中に一つだけ歪んだクリップを見つけました。

　これが、妙に愛おしいのです。元の形に形成し直すのが良いことだとは思いましたが、折角なのでこのまま受け止めることにしました。一つだけというところが、また妙に心をくすぐります。どうしてこんな風になったのかなぁなんてことを妄想するのも一興です。「歪んだ」と言ってしまうと何だかイメージが悪いですが、「元とは違う」と受け止めると印象が変わりますね。あるいは「他とは違う」と言うと更に特別感が増しますね。幼児期の育児で他の子と発育のペースが違うことはよくあります。その子にはその子のペースがあります。ところが若いお母さんはややもすると「うちの子は遅れている」と思い込んで気鬱になってしまうのです。育児に心血を注いでいるお母さんほど「ここまでしているのになんで？」と思ってしまう傾向があります。お母さんがここまでしようが、お父さんがどこまでしようが、自慢好きで感じの悪いママ友が得意になろうが、それはあなたの子供には関係ないのです。その子にはその子の歩み方があります。何も心配しなくて大丈夫なのです。他の子と比べることはないし、そもそも、うちの子と他の子という２種類がいるわけではなくて、それぞれの子がいるのです。一人一つの魂を持って生きています。僕らと同じです。

その子はその子として生まれただけで愛される理由があるのです。「他と違う」のです。勿論、それはその子だけではなくて「どの子」もです。どの子も特別な存在なのです。人は生まれた瞬間からその子だけの特別な魂を持っています。他の人は関係ありません。その子の歩みを見守ってあげたらいいのです。どうか競争と比較の原理から脱却してください。「他と違う」ことは素晴らしい個性なのです。一人一人がかけがえのない魂なのです。

9 「周りを成長させる力」

　人には役割がある。それは時に人間の理解を超えるものがある。本人にとっても周りの人にとってもです。一人の何も出来ない人を思い浮かべてください。モデルは大人でも子供でも構いません。男性でも女性でも構いません。本当に何にも出来ないのです。言葉は悪いですが役立たずと思っても構いません。コミュニケーションはとれますが人の言うことを理解するのに時間がかかります。頼んだことは100パーセントを超える確率で成功しません。「こんな簡単なことが!?」と信じられないくらいのことが出来ません。本人も出来ないことを知っていると思います。でも「出来ません」とは言わないのです。頼まれると「うん」と快く引き受けます。そして、いつも必ず出来ません。必ず怒られてしまいます。怒られると素直に「ごめんなさ

い」と謝ります。素直に謝ります。だから必要以上に責められることはありません。それどころか「ごめん、頼んだこちらが悪かった」と理解を得られます。そして、次はどうしたら「それが出来るように環境を整えることが出来るのか」と考えるきっかけが生まれます。これこそが他の人には真似の出来ないこの人の大きな力です。「周りの人を育てる力」その役割。これは実に尊いことだと思いませんか？　乳呑み児と母の関係を思い浮かべると解りやすいと思います。生まれたての赤ん坊には何が出来ますか？　何も出来ません。あえて言えば大きな声で泣くことぐらいです。赤ん坊はどうしてあんなに泣くのでしょうか。育児に苦しむお母さんがいたたまれなくなる時があります。お腹が空いたのか？　おむつが濡れて気持ち悪いのか？　暑いとか寒いとか？　何かを伝えたいという気持ちはわかっても何を伝えたいのかは手探りです。そんな赤ん坊は乳を飲むことが出来ます。若い母親は赤ん坊に乳を与えます。赤ん坊は女の人を「母親」「お母さん」に育てることが出来ます。もちろんお父さんのこともです。何も出来ない赤ん坊は両親を育てる力があるのです。同様に「何も出来ない人」は周りの人を「助けになる人」に育てる力を持っているのです。その人との出会いがなければ何ということもなく過ぎていた日常の中に「あ、あの人のために」と「困っている人」を気にかける力を持たせてくれるのです。この事って

すごいことじゃないですか？　人を助けることが出来る人とその技術もすごいことですよ。だけれども、もっとすごいのは、そういうかっこいい「すごい人」を生み出す力、育てる力を持った人ではないかと思うのです。すごい人がカッコよかったり有り難いのは、その人が力を貸すことのできる当事者がいるからなのです。どんなに優れたお医者さんだとしても患者がいなければその人は医者にはなれません。スーパーハイパーレスキューマンがいても、被災者がいなければ戦隊ヒーローのコスプレで終わってしまいます。多くの人の助けが必要な人ほど多くの人にその機会を与えてくれるのです。「ありがとう」を言う人と言われる人が逆かもしれませんね。

10 「障害者っていうけどさ、障害ってその人の中にあるんじゃなくて外にあるんだよ」

　心身の障害の発露により生活に制限を受ける者のことを「障害者」と呼びます。病気が原因であったり染色体の数が違っていたり、怪我の後遺症などで思うように生活を送れない。そしてそうではない人のことを「健常者」と呼びます。ただし「健常者」については、便宜上「障害者」と区別するときに使います。普段から頻繁に使う言葉ではありません。役所などに障害者福祉の看板表示はあっても健常者はこちらという書き方はしません。「障害者」と「健常者」この言葉につ

いてだけでも議論が成立しますが、今回はそのことは
さておいて続けます。

「障害者」は日常生活を送る上でも何かと不便を感じ
ながら生きることを余儀なくされています。近年は行
政の障害者福祉が少し進んできた感じもありますから、
大昔の息をひそめて隠れて生活していたころのことを
思えば、世の中はずいぶん良くなりました。出来るこ
とが増えた分だけ自信もつきますから、明るさを取り
戻して笑顔で生きられるように変わってきました。障
害ってどこにあると思います？　原因が病気や怪我で
あることからどことなく当事者本人が「障害」を持っ
ていると受け止められがちですが、「障害を持ってい
る」者ではなく、当事者自身が「障害を感じて」生き
ているのです。つまり障害は環境の一部なのです。決
して当事者本人の内側に持っているものではないので
す。「障害者」という言葉がまさに「障害のある人」
「障害を持った人」と印象をつけやすいので尚更、誤
解を招いていますが、そもそも「障害を持った人」な
んて存在しないのです。

　ストレスと書き換えればどうでしょう、ストレスを
抱えると言います。自分の外にあるストレスという大
きな荷物を抱えたり背負ったりするのです。「障害」
は普段は環境に潜んでいて人の状態によって姿を現す
のです。当たり前ですが「障害」と感じずに通り過ぎ
る人もいます。そこがいわゆる「障害者」と「健常

者」の違いなのです。「健常者は障害がない人」ではなく環境が「障害」として立ちはだからない人なのです。「健（康あるいは健全で）常（普通あるいは一般的な）者」と読み取ってしまうと、まるでその人自身が標準的な印象になってしまいますが、当然、風邪だって引くし怪我もする、病気だってします。ただ、これまで生活環境に対して障害を感じる結果を得なかっただけのことなのです。こうして考えると障害者も健常者も人間としての違いが無いことがよく解ると思います。専門家や研究者の中には物事を分類したり整理するのが好きな人が多くて、まるで別物のように細かく分けたりします。分類するから対応も区別されなければならなくなってしまうようです。違いがあることを認めさえすればそれでいいのに、複雑にしてしまいます。バリアフリーやユニバーサルデザインを整備することも大切だと思いますが、まずは存在のバリアフリーから始めて行きませんか？

11 「説得よりも共感」

　目の前にいる人の主訴が解りますか？　クレームと向き合ったことがありますか？　出来れば向き合いたくないです。ストレスがかかりますからね。そしてクレームを言いたい状態の人間の心は普段より攻撃的になりますから、真正面から受け止めるとくたびれてしまいます。だから上手に流しましょうという話ではな

いですからね。誤解のないようにしてくださいね。ク
レームが生まれる前にそれが出来るのが理想的ではあ
るのですが、私たちはクレームの主に共感しているで
しょうか？　尖った言葉が飛んできた瞬間に防衛本能
が働いて盾越しに相手と関わってはいませんか？　何
が起きたか、どうしてほしいかを理解するためにじっ
くり話を聞くのは当たり前ですが、何でそんな事を言
い出したのか？　どんな嫌な思いをしたからこうなっ
たか？　そういった心の動きを感じ取っているでしょ
うか。ややもすると一生懸命に説得に当たっていない
でしょうか。あるいは言い訳をしていないでしょうか。
それでは平行線どころか溝が深まるばかりです。「こ
れを言いたい！！」と思っている人に「いや、それは
ですね」とか「そのように受け止められたのですね」
と自己の立場を正当なものとして対応しても、全く解
消しません。金に物を言わせての力業で相手を黙らせ
たりとかは本当の解決とはいえません。心にしこりが
残ります。「これを言いたい！！」と言ってきた人に対
して「ですよね」「それは腹が立ちますね」「辛かった
ですね」と心を受け止めれば、空気や語調が和らぎま
す。「あ、解ってくれるかも」と気持ちが動くからで
す。解決策を探る前に心の和みが必要です。その上で
の原因究明にこそ意味があるのです。何がどうなった
かを調べるだけではなく、何がどうなったことでこの
人がどう感じたのかを知り、寄り添うことが重要です。

特別養護老人ホームで生活相談員として働いていた
ころの話になりますがショートステイのお客様のご家
族様で、毎日のように朝に昼に夕にと面会に来られる
方がいらっしゃいました。「こんなに頻繁に来れるな
ら家で看ればいいのに」とか、先輩の相談員や介護の
スタッフは口々に、あの人は喧しいからクレーマーだ
からと悪口を言っていました。基本的にその施設の介
護スタッフはご家族の登場を快く思いません。緊張し
てしまうなどいろんな感情があるようです。ま、解ら
ないではないですがあんまりよい感情とは思えません
ね。そんな背景もありご家族さんが来られると、何気
に部屋から離れたり顔を合わせないように避けたりす
る空気が出来ていました。こういう極端な話は別とし
てよく起こりがちな食い違いは、施設としては家族さ
んが来られているなら遠慮して訪室を控える文化もあ
ります。ですがその配慮を家族の目で見ると「誰も来
てくれない。行き届いてない。よく看てもらえてな
い」と誤解を招く原因に成り得るのです。これは残念
なことですね。しかしこれにしても関係が出来ていな
いから生まれる誤解なのです。例のショートステイの
ご家族様ですが、僕の目から見ても若干口うるさい印
象のある方ではあったので、尚のこと顔を見るたびに
僕の方から「おはようございます。いい顔で過ごされ
てますよ。毎日大変ですね」とか声をかけるようにし
ました。これを続けるうちに「ちゃんと看てくれてい

る。解ってくれている」という信頼を勝ち取ることが出来、「稀代のクレーマー」が「気配りの協力者」に変わりました。こちらの都合を押し付ける前に相手のことを理解し、思いに共感することが大切だと思います。説得よりも共感によって明るい道は開きます。

12 「ウイスキー」

　最近、ウイスキーを飲むようになった。若い頃はあまり好きになれなかったのだけど、最近になってやっと味が解るようになったというのか、複雑に絡み合う味の中の甘みだったり香味だったり、樽の香りだったり、スモーキーな味わいを感じ取れるようになってきたようです。学生時代にスナックの裏方でアルバイトをしていた時に、お客さんの飲み残しをシンクに流した時の臭いにまいっていたこともあり、自分では飲む気にならなかったのだ。ウイスキーと言うとその臭いを思い出してしまうからだ。

　海外のドラマなんかを見ていると俳優が格好良くウイスキーを飲み干す場面があり、なんだかじんわりとした憧れをもっていたのだが、自分には縁遠いものだと思っていた。それ以前にウイスキーと言うと父の思い出に辿り着く。余暇の父の姿はTVの前に陣取り右手にショートピース、左手にウイスキー。ちゃぶ台には灰皿とサントリーオールド（いわゆるだるま）が載っていた姿を思い出すのだ。そういえば父の後ろ姿

はオールドの瓶に似ていた。僕はジョニーウォーカーのボトルがいいなぁ、シュッとしていてスマートな瓶だもの。ウイスキーの魅力は何と言っても透き通った琥珀色だ。ビールのようにがぶがぶとは飲まず一口を口に含むと口角から口の中一杯にピリッとした刺激が伝わる。その瞬間にそのウイスキーが持つ味が広がる。初めに書いたけど一口にウイスキーと言っても銘柄も様々、同じ銘柄でも醸造の年数で味わいの深みが変わってくる。その辺りの感覚はワインなんかでも畑と年数で出来栄えが変わってくることに似ているかもしれない。ただワインのように当たりはずれ的な違いではなくウイスキーの醸造年数はこの年はダメとかそういうことではなくて、樽の中で眠っていた長さでコクと香りが深くなるのだ。勿論これは好みの世界でそれが好きな人が通とかそういうくだらない話ではないのでご安心を。(o^—^o)

　スタイリッシュな後輩が教えてくれたウイスキーがお洒落で、グラスに注いだウイスキーの最後の一口を飲み干した瞬間に樽の香りがフッと鼻腔をくすぐるのだ。飲んでいる時はそんなに感じなかったのに飲み干した瞬間、その瞬間にだけ確かに香りが漂ったのだ。話を聞いている時は「何、このうんちく」って鼻で笑っていたが、体験すると脱帽だった。笑っていた鼻が甘美な香りをかいだのです。ウイスキーはいいよ。

13「カバーってそういうことなの？」

　今回の話は半分愚痴だと思って読んで下さると幸いです。カバーバージョンって言うじゃないですか。最初に発表したアーチストではない人が歌ったり、あるいは本人が後年その年齢での味わいで歌い直したり、あるいは外国語の歌を翻訳して歌ったりするアレの事です。亡くなった忌野清志郎さんだとか坂本九さんなんかも、数々の海外の名曲を日本語に直して伝えてくれましたよね。こういう話だとカバーという表現はすごくしっくりきます。あるいは本人が歌い直す場合などは、若い頃に充分表現できなかった風味を付け直すというのですからカバーしていますよね。元歌がポップスの曲をアレンジしてロック調で歌い直すだとか、その曲の持っている別の魅力をカバーしてるって思います。駆け出しの歌手に大物のアーチストが楽曲を提供したものを、やはり後年ご自身が歌うというのもカバーと呼べると思います。逆の立場の場合はあくまで楽曲提供ですよね。ユーミンさんが原田知世さんに曲を提供したりするときに原田さんがカバーしたとは言いませんでした。ところが近年その感覚が崩れてきているように感じます。ヒットした曲を更に若手が後から歌って平気でカバーと言っていますし、メディアもそれを認めているようです。曲主も認めているのでしょうからおおらかだとは思いますが、視聴者として

はしっくりと来ないです。何か風合いを変えて歌っているとかではなく、ただカラオケのように歌っていてカバーと呼ぶのはどうかと思うのです。格の違いはどうであれプロミュージシャン同士がお互い納得しているのでしょうから、視聴者がとやかく言うことでもないのは解っていますけど、なんかね。

　さて問題はこの先です。近頃はインターネットや記録媒体の発達で一般人も簡単に動画などを発表できる環境が整ってまいりました。YouTubeなど最たるものです。そこで高頻度で目にするのがプロだか何だか得体の知れない歌い手が、プロの曲を歌って「カバー」とタイトルをつけているのです。明らかにご本人よりへたっぴだし、自己陶酔しているとしか思えません。中には上手に歌っている人もいますが、それにしても「上手なコピー」の域を出ません。すでに発表された元の歌を再度表現に工夫するなどしてこそ、のカバーだと思うのです。僕がカラオケでサザンの曲を熱唱したとしても桑田佳祐さんをカバーしたとは言えないし、公然と言ったら怒っちゃう人が大勢いるでしょう？　せめてコピーとカバーの言葉の使い分けは丁寧にしてほしいと思うのです。

14「キャラもの禁止」

　友人の1人に手先がとても器用な男性がいます。子供のためにお弁当を作るのも朝飯前です。キャラ弁、

よく流行りましたね。よく知らない方もいるかもしれませんから解説を加えますと、キャラ弁とはキャラクター弁当の略語です。弁当箱をフレームとしてご飯やおかずの並べ方や料理の色を工夫して、ミッキーさんやヒーローなどの姿を描くのです。オムライスにケチャップで顔を描くのもその延長と考えて良いでしょう。彼は折に触れてSNSに作品を紹介していました。楽しく拝見していましたがある時、娘さんの通う保育園がキャラ弁を禁止したそうです。正確に言うと明確に禁止と発表されたわけではなく園の方針として「ヴィヴィッドカラーの服ではなく自然な色の服」を勧めキャラクター物の服を禁止としているようです。ただしそれも禁止という言葉を避け遠回しに「自分らしさを養うためにその子に合った服」と表現しているようです。そんな経緯で彼は保育園に関してはキャラ弁の技術を封印せざるを得ないようです。残念な気もしますが彼のことは都合よくさておいて、確かに近年のキャラ弁ブームは度を越しているような印象も持っていましたから園の言い分も解らないでもないと思います。食料品の売り場ではそれをエスカレートさせるような便利な補助材料の姿も多くみられました。手先の器用な親御さんが自分の子供の楽しみのために作っている内は微笑ましくて素敵な愛情表現だと思いますが、明らかに他の子供やママ友に誇るのが狙いじゃないの？と、問いただしたくなるケースが増えてきてい

たようにも思います。「キャラ弁を作れないママはトレンディーじゃない。うちのママはどうしてキャラ弁作ってくれないの?」的なつまんない空気。また、この色って食べるのはどうですかねぇ?という配色も見受けました。バランスの悪いことがそこかしこに起きてきたということだと思います。友人の娘さんの通う保育園がそこを考えて方針を立てているかどうかは不明ですが、結果としては抑制が働いているように思います。でも、そうであるならばはっきりそう言えばいいのにね。「その子に合った服」って誰が決めるんだろうって、その子の趣向を無視して指導者の感性を押し被せることはどうなんだろう? 逆に個性を養えないんじゃないだろうか? 幼い頃に、なんてことないスモックに母がダンボのワッペンを縫い付けてくれたことはすごく嬉しかったし、そのスモックは僕の物ってはっきりしたし、周りの友達もそれぞれ思い思いのトレードマークを付けていました。そこには豊かさを感じます。経済的にということではなく、心や愛情に関してです。そういう観点でこの保育園の出来事が残念でならないように思うのです。

15「げげ! 鍵がない!」

 銭湯に行きました。随分久しぶりだったので気持ちよかったです。いいですねぇ。露天風呂やサウナ、こういう設備は自宅には無いからなお幸せを感じるよね。

大富豪の家にはあるのかもしれないけど一般的なこと
として、ね。ぐたぐたに気分がリラックスして脱衣場
に戻りました。ロッカーを開けて大きめのバスタオル
を取り出し、一通り体を拭いて腰タオルの状態で、
ほっと一息。天井近くに設置された扇風機が僕のほう
に振り向いてくれる瞬間に「ふぃ〜〜〜」と息が漏れ
る。これも共同浴場の味わいの一つかもしれませんね。
自宅なら独占するのが当たり前の扇風機が、こちらを
向いてくれたことが嬉しい。まるでステージのタレン
トやアイドルが僕のために僕のほうを見て歌ってくれ
たみたいな（笑）。

　なんだか辺りが騒然としてきたんです。目を向ける
と裸の親子が居るのです。あ、脱衣場だから裸で居る
こと自体は不思議じゃないですね。こりゃ失敬。事情
を聞くようにスタッフの方が対応していました。どう
やら、露天風呂を含め、どの浴槽なのか、あるいは体
を洗う場所かもしれないが、いつの間にかロッカーの
キーを失くしてしまったようです。僕などはお気に入
りの浴槽と場所が決まっているので行動範囲が絞られ
るのですが、この親子の場合、何しろ、はしゃいでし
まって全ての浴槽を行ったり来たりして、つまり行っ
てない場所がないといいます。スタッフさんに相談す
る前に親子で一通り捜してみたけれど見つからず、ほ
とほと困って相談したようです。スタッフさんとして
は予備の鍵で開けるのは造作もないけれど、果たして

この親子がこのロッカーを使っていたことが確認でき
なくて『そうはいっても、どうしよう』という状況。
結局はスタッフさんが予備の鍵でロッカーを開けて中
に入っている洋服だとかの特徴。財布の中の免許証が
決め手となってこの親子が使っていたに違いないと確
認が出来たようです。免許証を持ってきていなかった
らどうなんだろう。洋服の特徴だけでは本人確認とし
ては弱いですよね。使っているロッカーが角だとか、
はっきりしているならいいけど、そこしか空いていな
くてなんだか中途半端な場所を使うこともありますよ
ね。風呂上がりにロッカーに戻る時には鍵についてい
るタグの番号が頼りです。ところが僕なんかの場合、
鍵を失くしてしまうことなんて想像もしないので番号
を覚える習慣もないから、この状況で失くしてしまっ
たら一大事です。歩いて出かけないから免許証で証明
するしかないけど、それ以前にどのロッカーだったの
かを言い当てられるのかどうか心配です。番号を覚え
やすいロッカーが空いていればいいけど……なんだか
心配事が増えてしまったなぁ。とはいえ、この事件が
解決して何よりでした。

16「コロナのせいじゃない、恐れる心のせいだ」
※2020年3月に執筆
　こんな日が来るなんて想像したことはなかったよ。
恵まれていたことに僕が生まれたときには僕の国が参

加した戦争はすでに終わっていて、社会が経済成長を一区切り終えて豊かになっていた。僕の世代が大人になって社会に参加するころにバブルという言葉が生まれていた。そのころ僕は修道院で神とともに歩む人生に夢中だったので、バブルの旨味を経験していないのだが友達からいろんな話は聞いた。僕が社会に戻るころにはバブルは弾けていた。ビジネスの発展で金利が膨大に膨れ上がって破裂したのだ。計算上生まれたものの、現実には無いお金で社会が沸いたのだが誰かがきちんと足元を見たんだね。「無いじゃん」って気が付いてからが大騒ぎ。無いのにある筈のお金を取り戻そうと一斉に権利を主張されると、そりゃあ金融機関としても繰り合わせようがないよね。膨らんだバブルに乗じてずるいことをした人が命を奪われる事件が起きたりもした。問題のある新興宗教が毒物を散布して大事件を起こした。教祖をはじめ幹部は逮捕され裁かれ後年に死刑になった。世の中は悲しみにうねりながら、それでも平和と言われた時代は続いていた。力で均衡が保たれこの国が係わる戦争が起きなかったからだ。だが世界を見回せば大きな国を後ろ盾に国が分裂する戦争に巻き込まれた国もあった。大きく膨れ上がった思想団体がテロ行為に及ぶ世界的な大事件が起きた。悲しいことだが自然災害による大きな被害を受けた。その時には国境を越えて助けてくれる国もあった。人類は愛を知っている。僕が生まれてからでさえ

この国はいろんなことを経験した。今、本当の愛の力ではなく、強大な国同士の力の均衡が保たれているからという背景にせよ戦争をしている国はなく、平和にオリンピックの相談をしていたかと思ったら……未曽有の感染症の流行で世界が悲鳴を上げている。人類は勝てるのか？　長い歴史の中で流行した病気を制してきた人類はその経験と英知で今回も様々な政策で乗り切ろうとしている。国内では幾つかの大都市で非常事態宣言が出され人の移動を自粛するように呼び掛けているが、仕事が休みになったからと言って旅行してしまう人がいたり、非常事態宣言が出た都市から疎開さながらに県外に逃げる人もいる。それじゃあ意味がないのに。「三つの密を避ける」と表現している。密閉、密集、密接。換気のよくない場所に、沢山の人が集まって、手の届く距離で親しく関わることを避けましょう。ということなのだ。こうなるとレジャーやイベントだけではなくセレモニーを含めほとんどの社会活動が対象になる。毎週のように教会に集まって礼拝することもできなくなった。個人的にはこれが一番苦しいことだ。「どうなってしまうんだろう」と不安に思いながらも、しかし、僕らはこの未曽有の出来事から何を学び、どうやって世界を守るのだろうか。病気は怖いよ。でも、もっと怖いのは病気そのものだけではなくてその病気を恐れる心が生み出す絶望感や差別意識なんだよ。どこどこの都市で感染者が増えている

からその町の人を避けることがエスカレートしたり、
〇〇国の製品は危ないから食べないことが行き過ぎた
り。悲しいことだと思うんだ。もちろん病気を抑え込
むために「むやみに人と会う」ことを一定の時期辛抱
しようねと言われれば素直に従いますよ。報道番組を
見ていて政策や政治家をこき下ろすことしか考えてい
ないのかしらと思うコメントを見ると悲しくなります。
この時代を迎えた僕らは誰もが経験していない危機に
直面しているのだから、判断を誤ることだってあるよ。
だけど政策の失敗を責めてる暇があったら、まず、乗
り越えることを考えようよ。なんて思ったりもします。
「人間が一番怖い」これは誰か一人の人間がというこ
とではなくて、人と人との間で生まれるうねりのよう
なものが怖いのだと思う。誰かの中に生まれるものな
ら、その人をとことん説けば何とかなるかもしれない。
でも人と人との間で生まれるものだから厄介なのだ。
僕らはコロナの先を見て生きないとね。希望を持って
さ。

17「ざ、ぶ～～～ん」

　ざっぶ～～～～～ん。このところ息子が小さかった
頃に抱っこして一緒にお風呂に入った場面を思い出し
ます。ちっちゃかったなぁ。たいていのお父さんがそ
うだと思いますが、働き盛りの男性は恰幅も良くて団
地サイズの浴槽に浸かると半分以上のお湯が「ざざざ

ざ〜〜〜〜」と流出してしまうのではないでしょう
か？　もっともこれも一般的な掟として、浴槽に浸か
る前に髪や体を洗うことが定められている家庭が多い
のではないかと思います。当たり前ですよね。お湯が
もったいないですから。息子の頭をシャンプーして体
を洗います。やさしく丁寧に、それはそれはやさしく
丁寧に。息子が先に浴槽に入ります。湯面は胸の高さ
ぐらいです。続いてお父さんが自分を洗うとその時が
訪れます。万が一にも息子の体が大波の影響で流れて
しまったり転倒から溺れてしまうことのないように、
万全の配慮をしながら片足を湯船に入れます。水位が
上昇するのが解ります。息子の胸から肩に湯面が近づ
きます。もう片足を湯船に移すと既にちょろちょろと
湯が溢れ出します。こうなるともう開き直るような感
じです。「ざっぶ〜〜〜〜〜〜ん」思い切って座っ
てしまいます。わずか一瞬ですが、にわかに息子の体
が浮かび上がります。息子を膝に座らせ「ふ〜〜〜
〜〜」吐息をもらします。浴室内はもうもうと湯気が
立ち昇り膝の上の息子の顔もよく解りません。少し落
ち着くと、お互いににっこりと笑ってけらけらと笑い
だします。

　いつの頃からか息子は生意気に、お父さんは愚かに
なってゆきます。大人になるとなかなか男の親子は解
り合えなくなっていきますが、こういう何物にも代え
難い思い出が根底につながっていることが救いなのだ

と思います。息子は大人になっていきますからいろんなことを知り立派になります。お父さんは年を取る中でいろんなことを忘れてしまいますから「頼りない親父」になっていきます。世話になるとかならないとか、つまらないことで喧嘩してしまうこともあるでしょう。でもあの日のことを思い出すことが出来たらきっと仲直りできると思うんだ。「ざっぶ～～～～～ん。けらけら」

18「サービスという言葉」

　今に始まったことではないけれど気になっていることの一つです。サービスという言葉がありますよね。ある友人が「サービスはタダじゃない」と言いました。ある記事で専門職の方が、その業務内容の質を高めて正当な報酬を得るべきと語ったことに触れてのようです。確かにその通りで、どの分野についてもその主たる業務、つまり商品について品質を上げ正当な対価を求める姿勢は当たり前のことだと思います。何が引っ掛かったかというと「サービス」です。随分前に別の話でサービスについて書いたことがありますが「サービス」はラテン語に語源をもち「やさしさ」と訳されます。どちらかというと商品そのものではなく商品を販売するお店の空気だとか、店員さんの態度だとかに関わる言葉のように思えます。サービス業という言葉の誕生で何かがずれてしまったのだと考察します。

「これはサービスだから」とおまけをつけたりしてくれた商店街のおじちゃんを思い出すと理解しやすいと思います。サービスは商品そのものではなく商品やお店の付加価値を上げる要素だと理解する方がすっきりします。サービス業と呼ばれる業種は製品を製作するのではなく販売の行為だったり、たとえばマッサージなどの技術の提供だったり、目に見える形を持たない商品と捉えると理解が深まります。サービスとビジネスを混同してしまうから話がややこしくなるように思うのです。ビジネスはビジネス、各々の商売そのものです。サービスはそれぞれのビジネスに付加価値をつける仕掛けです。そう言い切ってしまうのも少しさびしいのですがね。サービスと呼ぶならあくまでタダです。おまけです。某世界的大手ハンバーガーショップの「スマイル」のようなものです。どこまで行ってもゼロ円です。そして注文しなくても付いてきます。それがサービスです。サービス業のサービスはこれとは違って主力商品です。タダじゃないんだという話題で語られるのであればサービスという言葉を避けて、たとえば専門技術と素直に呼べばいいのです。実際その方が価値が上がりますよね。堂々と値段がつけやすい。中途半端にサービスという言葉をビジネスの場面に引っ張り出すもんだから、ブラック企業ではお決まりの無給残業を包むオブラートに悪用されてしまったりするのです。この悲劇はボランティアという言葉でも

言えますね。ボランティアを直訳すると「神の御旨を行うこと」、本来は神託的動機で行う善行を指すのに「タダで何かやってくれる人」やその行為を表す言葉に変わってしまっています。ある福祉事業を扱う会社さんのナンバー2の方が「こうした福祉事業ではボランティアさんを如何に集めるかが鍵」なんて仰っていましたが「本気で言ってるのか!?」と耳を疑いました。言ってることは解らないではないのですが、あ、つまり福祉というのは一般のビジネスと違って、有るところから無いところにお金や物を移すという行為ですからコストを無償提供できる有志の方々で成り立つという性格があります。だからお寺さんや教会が長い間、担ってきたのです。というかその事で儲けようという人たちじゃないから出来たのです。もちろん必要以上に儲けようという事業主さんは少ないと思いますが、根本的に収益事業には成り得ないという点を理解しないと歪なことになってしまうのです。どこかでビジネスの形に組み入れないと財源が破たんしてしまうという危機感もありましたが、善意の経営者さんばかりではなかったという結果が出てきています。必要な経費は掛かりますよ。でもサービスはサービス。ごっちゃにせずに必要な人が必要な対価を払って買い求めればいいのです。必要だけどお金がなくて買えないのですと言う人に対して国が責任をもって生存権を保障する仕組みが、すでにあるのだから古い図面を現代に

合うように線引きし直す作業が肝要だと思います。サービスはタダじゃないと言ってはいけないよ。

19 「ささやかでも幸せに暮らせるならそれでいい」

　あなたには夢がありますか？　夢と言っても夜寝ている時に観るアレの事ではありません。子どもの時に「大きくなったらこうなりたい」と思い描いたり、大人になってからはそれを目標と読み換えることが多いですが、些細なものから大きなものまで様々な夢があります。自分の力だけで叶えられるものもあれば壮大すぎて実現が難しいのでは？と疑わしいものもあるでしょう。しかしいずれにしても夢は生きる力を与えます。だから夢をもって生きることはとても大切です。一口に夢と言ってもそれは実に様々で、繰り返しになりますが「今夜あれが食べたいな」と言って特別な努力をしなくても叶えられるささやかなものから「世界の平和実現」のように自分の力ではどうすることもできそうにないほど壮大なものまであります。夢が生きる力を与えるというのは「楽しみがあると頑張れる」という単純な原理です。ご褒美と読み換えると解り易いと思います。ご褒美と言ってしまうと何だか欲と繋がってしまって品が無い言い方になってしまうので、認めづらい人もいるかもしれませんがそこは素直にいきましょう。夢は自分の中に持つものですから、誰に恥じることもありません。勿論見えないところを見て

いる神様だとかご先祖様、お天道様には見えているか
もしれませんが、そこまでの大物は現世を生きる私た
ちの弱さをよく知っていますから大目に見て下さるこ
とでしょう。さて僕が青春の頃に「夢をあきらめない
で」という歌がありました。いい歌です。永遠のヒッ
トソングと言っても過言ではありません。夢を持つこ
とはもちろん大事ですが、それを持ち続ける事、辿り
着けなくても凹んだり打ちひしがれたりせずに持ち続
ける事、これが大切なんだと思います。つまり諦めな
いということ。空しくなるほど夢の実現との距離を感
じて「やめてしまおう」と思うこともあるでしょう。
「あきらめて夢を捨てる」のは本当に残念な気がしま
す。捨てなくていいんじゃないですか？「お休みすれ
ばいい」休憩も必要ですよ。大きな夢を叶えるために
小さな夢に分解して、小さなステップを積み上げる工
夫もいいです。あるいは大きな夢を叶えるために別の
ささやかな夢で取り囲んで、その夢から力を貰うとい
う考え方もあると思います。僕には夢があります。さ
さやかでもいいから笑顔で暮らしたいと思っています。
腹を抱えて大笑いすることは望んでいません。高級車
を乗り回したり、おいしい食べ物を求めて旅をしなく
てもいい。即席ラーメンで充分。勿論体のことを考え
れば毎日という訳にはいきませんけどね。毎日笑顔で
暮らすことってささやかって言ってますけど結構な努
力が必要ですよ。知ってますよね。僕たちは社会に出

て仕事をして暮らしを立てる訳ですが、社会には様々
な人がいて傷を負って帰ってくる日だってあります。
狩りに出て獲物に嚙まれてけがをして帰ってくるよう
なものでしょうか。厄介なのはお互いに敵意が無くて
も時に知らずに傷つけ合ってしまうのです。だけども
そのことを知っているなら許せるのです。幼稚な言い
方ですが「わざとじゃない」「そういう風にしか生き
られない」ことの絡み合いの事故で「傷」を負って
まったことが解っていれば責めても仕方が無いことが
解るからです。勿論転ばぬ先に杖が突けるならばそれ
に越したことはないので、ぶつからない工夫をしたり
全く余地がない訳ではないと思います。快適な関わり
の基本は笑顔と親切と適度な聞き流しのように思いま
す。耳と目を少し薄めにして、人の嫌な部分や言葉を
はっきり見たり聞いたりしないようにするのも工夫で
すね。勿論必要な話はちゃんと聞かないといけないけ
れど。嫌なことを言う人がいたら「あぁこの人はこん
な風にしか言えないんだなぁ」と憐れんであげてくだ
さい。こんな言い方しかできないこの人はよほどつら
い思いで生きてきたんだなぁ、可哀そうだなぁ……人
の痛みを学ぶ機会に恵まれなかったんだなぁ、と理解
してあげましょう。それに比べて、その人を許してあ
げることが出来る自分はなんて恵まれているんだろう。
「許す機会」を与えられたことに感謝しましょう。そ
の場で笑顔を浮かべたらさすがにトラブルが大きく

なってしまうと思いますから、お家に帰って思い出した時にはその幸運を喜んでいいです。そうして毎日の暮らしを笑顔に換えていったらいいんです。

　毎日を笑顔で暮らしましょう。

20 「サンタさん」

　メリークリスマス。街に出るとキャロルが流れ、大通りには色鮮やかなイルミネーションが煌めきます。駅前の大きなロータリーに、あるいは人通りの多い公園に大きなツリーが飾られると、クリスマスを迎える準備が次第に整います。そしてクリスマスにはプレゼントを交換する慣わしがあります。そのためデパートや通信販売はかなり早い時期から力を入れて準備します。教会では大体4週間前から準備をします。リースを飾りツリーを出して、馬小屋を飾ったりします。この時期は、キリストを信じる人も、そうでない人もなんだか嬉しそうです。キリストを信じる人は教会で厳かに、そうでない人はデパートやレストランで賑やかに過ごします。クリスマスはみんなの心が豊かになるようです。……とっても好い日です。クリスマスに欠かせないのがケーキとチキンです。一年中唐揚げを売っているお店もこの日は書き入れ時で、お店の前の道路は行列が大変なことになっています。さてクリスマスと言えばこの人、深夜煙突から平和な寝室に侵入して贈り物を置いて帰るというあの赤装束の老人です。

その人の名はサンタクロース、サンタさんと呼ばれます。もともとは聖ニコラウスというカトリック教会の聖人で270年頃に生まれ343年頃まで生きました。小アジアのパタラの財産家の家庭に生まれ信仰深い両親に育てられ、知恵にも行いにも優れた人になったと言われています。両親が亡くなって、莫大な遺産を相続しましたが、優しいニコラウスはそれを貧しい人々のために使おうと決心したのです。司祭になったニコラウスは、エーゲ海に面したミーラで宣教していました。ミーラの町の飢饉を何度も救い、信仰の面でも優れた保護者であったと言います。貧しい靴職人のため娘3人の結婚を援助するなど人々を愛し、困っている人を見るとすぐ助けた彼は人々に推されて司教になりました。ローマ皇帝ディオクレチアヌスのキリスト教迫害時代には信徒たちとともに投獄されましたが、313年にコンスタンティヌス大帝が信教の自由の勅令を発布したことによってニコラウスらは釈放されました。そして教会の復興にとりかかり亡くなるまで、教会と人々のために生涯をささげました。彼の遺体はミラノ大聖堂に葬られ、そこは巡礼の中心地となりました。その後、遺体はイタリアのバリ市に移され大聖堂が建てられました。12世紀からヨーロッパ、とくにスイス、フランス、ドイツ、オランダでは聖ニコラウスの祝日である12月6日が子供のための祝日となりました。かつてニコラウスが助けた3人の娘の話がもと

になり聖人の祝日の前夜、子供にそっとプレゼントを
する習慣が始まりました。司教服の色である赤色（現
代の教会では赤色は枢機卿、司教は紫色）の頭巾と服
をつけたおじいさんが贈り物を入れた袋を背負うとい
う形に変え、クリスマスと結びつきました。名前もオ
ランダ語なまりで、「サンタ・クロース」と呼ばれた。
というのがサンタクロースの起源です。

　現在、世界中には無数のサンタがいます。主に一般
家庭では父親がその役目を担います。サンタの存在を
信じる云々の議論が盛んな時期もありましたが、そう
いう意味では当然ですが、オリジナルから始まり無数
のサンタが存在しています。近年のサンタクロースは
事前に子供たちの要望を聞き取り、希望に叶った贈り
物を準備するというおかしなことになってきています
が、これも文化なのでしょう。ハロウィンの主役が子
供から若者に変貌しつつある近年の日本にも同じ傾向
があるのかもしれませんが、大人の人もサンタさんに
プレゼントを貰いたがる人が増えてきているように耳
にします。冗談でしょうが「届かなかった」と残念が
る人の声も耳にしました。

　だけどね、僕はこう思うのです。クリスマスはサン
タさんがプレゼントをくれる日だという期待が誤解な
のだと思うのです。この日は誰もがサンタになってプ
レゼントをあげることが出来る日なのだと。プレゼン
トとは物に限りません。プレゼントとは「愛を示すこ

54

と」です。それが物であってもいいのですが、プレゼントを貰うことよりもあげることが大切なのです。

21「デスクと現場」

　デスクと現場の足並みがそろうと企業は強くなると思います。現場の空気や熱量が理解できないデスクにはそれをコントロールすることは出来ません。逆にデスクの意志が理解できない現場がどれほど頑張っても徒労に終わることが多い。業務をこなす現場は身体であり、それを管理し指示を出すデスクは脳に当たると思います。人間の身体であれば脳は敏感に体の痛みを感じます。危険を感じ取れば身を護る行動も取るのです。デスクと現場の中には、なんだかお互いをけん制し合ったり対抗心むき出しのケースを見受けます。ずるずるべったり仲良しでいる必要はないと思いますが、もう少しお互いを大切にした方がいいんじゃないかと思うことがあります。現場がデスクの揚げ足を取ったり、現場の失態に対してデスクが意地悪く嫌味を言ったりするのは哀しいと思います。右手のしていることを左手に教えるのは脳の役目です。

　10年以上前に全く別の業界で仕事をしていた時に外資系の企業と関わっていたことがありますが、アメリカ人の上司と仕えていた日本人の部下のやり取りを見ていて考えさせられたことがあります。もともと日本でも大きな企業でしたが、そこに外資が入って企業

全体がパワーアップしたのですが主導権を外資系の企業が握りました。この場面の日本人の部下はもともと課長クラスで働いていたやり手の方でした。本国から派遣された上司が日本人の役職者を束ねることになったのです。それまでの経験で仕事の進め方が合理的なんだとは思いますが日本人の役職者の報告や具申に対して「君たちは言われたことをしていればいい。余計なことを考えるな」と流ちょうな日本語で応えます。聞いていてやるせないなぁと思いました。この上司の合理的手法は効率的ですが半面、体温を感じないというか冷たい感じを受けました。ワールドワイズなマーケットから見れば極東の小さなジャパンの現場の発信する声は、蚊のはばたき程にも影響を与えないというのも解りますけどね。その企業も、今は既に日本から撤退しています。人生とは解らないものですね。有名な人でC・ゴーンさんも来日当初は敏腕経営者として数々の功績を上げましたし、N自動車の経営も外から見る分に安定しているようでした。そりゃそうですね。大物経営者が横領できてしまうくらいですからね。余裕があるからこそですね。でも現場の工員さんは、そんなことになってるとは夢にも思わずにせっせとラインに向かって仕事をしていましたよね。技術のN自動車の誇りを胸に抱いて。営業の皆さんもですよね。敏腕経営者の懐に放り込むことを目標に車を売って売って売りまくったわけじゃないよね。がっかりです

ね。初めはそうじゃなかったと思いますよ。やってる
うちに弾みでインチキやってしまって巧くいってし
まって調子に乗っちゃったんだと思います。こうなっ
てしまってからはもう振り出しには戻せないから、そ
うなる前に初心に帰るといいですよね。デスクだけ
じゃないけどね。N自動車の例えではデスクに分が悪
いですが、現場は現場でデスクが力を発揮しやすいよ
うに温度調節をする方がいいと思います。親しくなる
ことですかねぇ。

22「らすいち」

　あ、それ買おうと思っていたのに！　目の前で最後
の一個が売れてしまった瞬間。あ、座りたかったの
に！　バスや電車で腰掛けようと思っていた席に僅か
な差で別の人が座ってしまった瞬間。こういった残念
な瞬間って少なからず経験がありませんか？　がっか
りしますよね。『最後の一つ』について考えてみよう
かと思います。最後の一つに当たることは運のいいこ
とでしょうか？　あるいは最後の一つを逃すことは運
が悪いことでしょうか？

　まぁ事柄によるでしょうね。あまり無いことでしょ
うが、最後の一つの罠に掛かってしまうなどは、むし
ろ運が悪いですね。最後の一枚のティッシュペーパー
を使ってしまった時はどうですか？　ラッキーです
か？　もう一枚使いたかった時は残念です。ですが、

自分が最後の一枚を使って、新しい箱が用意されるなら次の人こそ運がいいですよね。次の人に幸運をもたらすことが出来ることって、幸運なことではないですか？　命がけを想像すると怖い話ですが、自分が最後の罠に掛かれば、もう誰も罠に掛からなくて済むことだとか、凄くないですか？　自分が座れなかった席は残念ですが、そのおかげで座れた人がいる。自分が買いたかった服をあきらめたおかげで、その服を買えた人がいる。最後の一つを譲る。最後の災いを引き受ける。逃すか得るかは別として、自分がそのどちらかを引き受けることによって別の誰かを幸運に繋ぐことが出来る、こんなに素晴らしいことはないような気がします。口ばっかりかもしれませんよ。いざとなれば我が身可愛さで見苦しく最後の一つを誰かに譲ってしまうかもしれない。弱いですから。でも、凄いことだなぁということはわかります。自分がそんな度量で生きられるかどうかは別です。しかしながらこの事を知っていれば、引き当ててしまった時の心の処し方としては心強いのだと思います。口惜しがらずに済むのだと思います。そこに尊さがあるからです。

　自分が最後の一つを逃してしまったおかげで誰かがそれを得ることが出来る。

　自分が最後の災いを引き受けたおかげで誰かを救うことが出来る。

　尊い巡り合わせです。

23「ルーティーンにしてはいけないことがある」

　生活上で日常化した習慣的行動をルーティーンと言いますね。一応ちゃんと調べてみたら国語辞典からは次のように書かれていました。①きまりきった仕事。日々の作業。**ルーチンワーク**。②コンピューターのプログラムの部分をなし、ある機能をもった一連の命令群。以前から使われる言葉でしたが一般的に知られるようになったきっかけは、ラグビー選手の五郎丸さんがTV出演の時に試合中に見せる彼の独特の仕草をレポーターがルーティーンと言った辺りか、その前後だと記憶しています。決まった仕草ということでそう表現したのでしょう。TVで紹介される人は著名人に限られるでしょうが、ルーティーン自体は実は誰にでもあります。当たり前のことですね。中には強迫観念に近い感覚の「欠かせないルーティーン」を持った人もいることでしょう。一口にルーティーンと言いますが、微妙にニュアンスの違うタイプがあるように思います。五郎丸さんに代表されるような、例えば彼の場合ボールをける前に見せる仕草なのですが成功を祈念してのおまじないのような仕草です。戦う前にリングで跪き十字を切るボクサーを見たことがあります。これも同様でしょう。このことをする前に行う仕草として定着しています。しかしルーティーンワークということで思いめぐらすと、ワーク自体が目的という印象が明確

化します。決まり仕事というようなニュアンスです。本来の語彙に近いように思います。仕事で言えば体が覚えている的なことです。おまじない的ルーティーンはその都度思いを込めるでしょうからそうでもないと思うのですが、体が覚える仕事的ルーティーンの場合は少し自戒が必要なように思います。慣れっ子の印象が強くなって慣れから来るミスを想像してしまうからです。そんな気がしませんか？　ルーティーン化するほど馴染んだ行動であっても条件反射的になってしまうと危険な気がします。それに心が籠らなくなるのではないかと気になります。勿論仕事の場合はそこにそんなに心を込めなくてもという事務作業もありますから、事柄によるという前置きが付きますけどね。ただ人間の行動の多くはやはり何かを大切にするということがつきもののように思います。目的に思いを馳せれば自ずと大切なものが見えてきますから、やはり都度、心を込める方が良いと思うのです。大袈裟、極端に聞こえるかもしれませんが、ルーティーンとは言えルーティーンにしてはいけないことがあるということです。ルーティーンをルーティーンにしてはいけない。まるで禅問答か謎かけのように聞こえるかもしれませんが、まとめるとこういうことになります。日々を大切に生きるということにも繋がります。日々を大切に一つ一つの行いを丁寧にすることがルーティーン化するといいですね。

24「レラクサティオン」(笑)

　レラクサティオン。(*^—^*) ニコッ　解ります？英語で書くとrelaxationのこと、一般的にはリラクゼーションって読みます。敢えてラテン語風に発音してみました。ラテン語の発音を解りやすく言うと、つまりローマ字読みってことね。誤解しないでくださいね。ラテン語に訳すわけじゃないですよ。英語の記述を言語的にラテン語までたどると綴り自体も変わってくると思うので、そこまでのことはしません。面倒くさいし。じゃあリラクゼーションって何ですか？　心理学的には交感神経の興奮が抑えられ、副交感神経の働きが優位になっている状態になること。緊張が解かれている状態。と言っています。こむつかしいですね(笑)。こういう言い方もあるようです。人間を、くつろいだ状態にする活動や行為。息抜き、休息。転じて、気晴らし。レクリエーション、レジャー、娯楽など。リラクゼーション業（手技を用いるもの）。手技療法の一つ。手技を用いて心身の緊張を弛緩させるための施術。

　割と具体的になってきましたね。くつろいだ状態にすること、息抜き。こうして解きほぐすと身近な言葉になってきますね。リラックスした状態になるって事ね。私たちの生活には必要なことです。いろんな方法があると思います。一人一人どんなことでほっとでき

るかが違って当たり前だしね。あ、違わなきゃいけないとかじゃないですよ。公衆浴場の休憩室などで横たわっている人の群れなどを見ると、大体似たような事で人は満足を得るような気がしますね。サウナ、ふろ、マッサージ、ビール、日向ぼっこ、散歩、映画鑑賞、音楽鑑賞、プラネタリウム、大好きな人とのデート（デートではある意味緊張感が高まるかもしれませんが）。僕なんかは露天風呂とか好きですね。サウナにも入りますが長続きしません（笑）。長時間サウナに入ってから水風呂に飛び込むおじさんを見るとゾッとします。心臓が停まってしまうんじゃないかなぁって心配になります。でも、ご本人や多くの人にとってはそれが最高の癒しのようです。人は解らないものです（笑）。時間をかけてカンカンに熱した体を冷水に晒すのです。この急激な温度変化が代謝を激しくするので血行促進にもつながるとか？　極端な鍛錬を一気に開放することで大きな効果を得るということですね。癒しと我慢の間には犯しがたい密接な関係があるようです。確かに、他の場面でも我慢が大きければ大きいほど得られる喜びも大きくなります。会えない時間が長いほど恋人や友達との再会は嬉しいです。お腹が空いているほどご飯が美味しいです。コツコツとお金をためて手に入れた品物は宝物です。努力して得た結果は尊さを増すとも言えます。こうして考えていくと不思議な言い方になりますが、リラクゼーション効果を高

める要素として大きな一つは「蓄積した緊張」なのか
もしれません。縮められたばねは解放時に力を発揮し
ます。なかなか芽を出さない人が大きな仕事を成すこ
とを大器晩成なんて言います。結果を焦ると得られる
効果が小さくなってしまうのかもしれません。

25 「空の色が変わるまで」

　空の色が変わるまで空を眺めていたいと思いません
か？　空をずっと眺め続けることってなかなかありま
せんよね。お休みの日に自分でそのように求めて時間
を使わない限りは、日常生活の中では、そういう時間
は作れませんよね。気象予報士さんだとか空の研究を
している人は、嫌というほど空を眺めているかもしれ
ませんが、そうでなければ大抵の人にはそのための時
間がないと思います。空は天気や季節の影響を受けな
がら、太陽との位置関係などの理由で刻一刻と色や姿
を変えます。貫けるような「あお空」。「あお」と言っ
ても青、蒼、藍。空色って言うと絵の具で言えば青に
白を加えますよね。白に近い時もあれば濃い青に近い
場合もあります。雨雲が厚くなると空が一面グレーに
染まることもあります。夕暮れ時には紫色に染まりま
す。あ、正確に言うと染まっているのは雲なんですけ
どね。空はいついかなる時も、まぁ、青いです。夜に
なれば紺色、あるいは黒に近い場合もありますがそれ
は空気の状態によって変わるようです。その空に浮か

ぶ雲が様々に形を変え色を映します。そのフレームを全体として「空」と呼んでいるのです。空は本当に様々な表情を見せます。同じ風景の背景にある空でも時間帯や天候、季節によってがらりと表情が変わります。そう、表情が変わるのです。私たち人間と一緒ですね。顔は同じだけど表情が違うと顔の感じががらりと変わるという点で。また、空の表情に味を加えるのは音の要素もあるかもしれません。静寂な青白い空と街の雑踏の響く夕暮れの紅い空では、同じ街の景色であっても味わいが全然違います。雄大な山の背後に広がる澄み渡った紺碧の空に、山肌を駆ける獣の鳴き声が轟く。月明かりが照らす夜の深山。時間をかけて早朝から夕闇が迫るまで、その移ろいゆく様をじっと見つめていたらきっと飽きないだろうな。贅沢な時間の過ごし方でしょうね。好みの違いもあるでしょうけど、僕にとって空は背景として眺めるのが好きです。空が好きすぎて飛行機の操縦者になる人もいると思います。空の中で生きたいからだろうと思います。僕も空は好きですが、そういう感じとは違います。やはり眺めるのが好きです。海を眺めるのも好きですが、空の味わいとはまた違いますよね。空には波がないので変化がゆっくりです。それに海は海に行かないと眺められないこともありますが空は部屋から出れば、いや窓があれば部屋から出なくても眺めることが出来ます。海へ出かけるように展望台や空中庭園的な場所へ行けば、

空の中に在る感じも味わえるでしょうね。時間をかけて移ろいゆく空の表情をゆっくりと眺めることは、子どもの成長を見守ることに似ているかもしれません。その子にはその子の成長のペースがあります。空の姿が変わることについて「おい、遅いよ」とか言う人ってあんまりいないと思う。子どもの発育を眺める大人たちの反応もそうあってほしいように思います。見ている人がやいのやいの言わなくてもすばらしく鮮やかな表情を見せてくれるでしょう。

26「検案」

　特別養護老人ホームで生活相談員として勤務していた頃の話。何度か検案に立ち会ったことがある。検案というのは医師または獣医師が死体に対し、死亡を確認し、死因、死亡時刻、異状死との鑑別を総合的に判断することをいう。都立広尾病院事件の最高裁判所判決によれば、医師法21条にいう死体の「検案」とは、医師が死因等を判定するために死体の外表を検査することをいい、当該死体が自己の診療していた患者のものであるか否かを問わない。死体検案の結果、死亡を確認し異状死でないと判断したら、医師（獣医師）は死体検案書を作成する。異状死の疑いがある場合は警察に連絡し、検察官または警察官が検視を行うことになる。検案には解剖を行うことは含まれない。なお、歯科医師は検案を行えない。

若い頃には検案と検視の区別がついておらず、しかも検視を「検死」と思い込んでいた。刑事ドラマなどの影響で何となく死亡を確認する行為だという程度の知識はあったが、正確な用語などは全く知らなかった。特別養護老人ホームには高齢者が終の棲家として生活することが多く、よほど重篤な状況で救急搬送されない限りは施設で最期を看取ることもある。勿論、看取りとして成立するためには施設の協力医との連携が必要で、施設の介護スタッフなどが巡視の時などに利用者の方が亡くなっている状況に遭遇した時に医師に連絡し、少なくとも翌朝には死亡を確認して死亡診断書を書いてもらうのだ。医師との連携がうまくいく時はいいのだがそこが上手くいかないと変死ということになることがある。そうなると警察に介入していただくことになる。

　こんなことがあった。その方のご家族の意向は急変時に延命は望まないものの、まずは救急搬送をして可能な限りは治療をしてほしいという意思を表示していた。救急隊員が駆け付けた時にすでに呼吸と心臓の停止が明らかに認められると連れて行ってくれない。だが除細動装置（AED）や懸命な心臓マッサージの効果でわずかでも脈が振れている限り、受入先を探して救急車は出発する。本来の取り決めでは移動中に心停止が認められた時は連れて戻るものらしいが、私が乗った救急車の隊員たちは粋な救命士が多く連れ戻る

ことは避け、ともかくは病院に送ってくれた。しかしながら連れてこられた病院としては初めから亡くなっている遺体を運び込まれた感じが強く、あまりいい顔はしない。治療の甲斐もなく亡くなったというのであればその医師が死亡診断書を書くことになるだろう。だが初めから亡くなっているとなると、その病院の医師は関わることを避ける。救急車が遺体を連れてきたという出来事になるのだ。搬送中の死亡は変死として扱われる。その時はご家族も病院に駆けつけており検案の立ち会いは家族の役目だった。しかし娘さんはその立ち会いに耐えられず私を頼った。通常はご家族が病院に到着した時点で施設職員は引き上げるがこの時はそういう訳にもいかなかったので、私も病院に残っていた。私は娘さんに寄り添い共に検案のための部屋に入った。処置台の上には、それは救急隊員の懸命な働きの痕跡であろう、激しい心臓マッサージに耐えきれず肋骨が折れて胸板が陥没していた。この姿は娘さんには耐えられない変わり果てた姿だと思った。娘さんは私の腕にしがみつき声をあげて泣きながら検案の様子を眺めていた。体温計を挿肛し直腸の検温をしていた。担当医や関係者が病歴や症状をすり合わせ死因を特定する。多くの場合心不全として診断がなされる。辛い光景だ。ご本人に手向ける言葉は「お疲れさまでした」ぐらいしか思いつかない。人はどうしようもなく不安な時には「わらにさえすがる」のですから、私

の腕も役に立ったのでしょう。

27「カイトの親子」

　僕の住んでいる家の近所にお気に入りの公園があります。小高い丘になっていて頂上まで登ると市内一円が展望できるという素晴らしい公園です。正月の休みにのんびりと散歩に出かけました。公園にはいろんな人が集まります。集まると言っても集会とかではないのでみんなそれぞれ偶然居合わせているだけなのですが。大きな犬を連れたおじさん。小さな犬を連れた若い女の人。仲良く手をつないで歩いているカップル。腰かけて本を読んでいる人。イヤホンで音楽を聴きながら歩いて、時に目をつぶって他人の存在を忘れてしっかりと歌ってしまっている人。結構ごつめのお兄さんがあいみょんとか本気で歌っているので、思いがけず微笑ましい気分にしてくれました。遊具も多少置いてあるので小さな子供を連れた家族連れもいます。自撮りで変な姿勢で家族写真を愉しんでいるのも現代の風物詩ですね。「押してくれませんか」という関わりが消えてしまったことはなんだか寂しい気もしないでもないですが、時代の流れですね。車いすの友達が嘆いていたことの一つにバリアフリーが進んでどこにでも自分の力で出かけられるようになったのはありがたいことだけど、人との関わりが減ってしまった、と。「すいません。助けてください」「大丈夫ですか？　手

68

伝いましょうか？」こういった関わりの必要がなく
なってしまったという訳です。世の中が便利になるの
はいいことですが、失うものもあるということですね。
さて空き地がどんどん減ってきて子供たちの遊ぶ場所
も限られてきました。限られた公園にますますいろん
な人が集まってきます。カイトを飛ばしている親子を
見ました。そんなに高く揚がっている訳でもないので
すが、安定して揚がっています。上手だなぁって思い
ました。よく見ると意外と沢山のカイトが揚がってい
ました。お互いのカイトが絡んだりしないように適度
に距離をおいて揚げています。色とりどりのカイトが
空に表情を持たせています。たいていのカイトがお父
さんと息子のコンビで揚げています。時々娘と父です。
子供が父親に敬意を感じる効果的な場面ですね。見て
いて微笑ましくなりました。ニュースを見るとどう
なってしまうんだろうかと不安を感じる事の多い現代
社会ですが、まだ平和だなぁっと思わせてもらうこと
が出来ました。カイトの親子に感謝です。

28「今やろうと思ったのに」

　今、やろうと思ったのに……って言いたくなること
がたまにある。子供の頃なら宿題や勉強。大人になっ
てからは仕事の場面や家族との会話で。自分の頭の中
で段取りがあって優先順位も出来上がっていて、さぁ
今まさにそのことに着手しようとしている直前の瞬間

に「これを（忘れずに）やってね」と声がかかった時です。がっかりしてしまうしテンションがた落ちです。でも子供の頃とは違って「今、やろうと思ったのに」とは言いません。大人になったものだと自分を褒めてやりたい。言葉にするか、しないか。これは、だけど、自分の事だけではなくて先方にも言えることです。「やってね」って思っても『きっとやるから』と信頼していれば言葉にしなくて済むのではないかと思う。きっと「うるさがるかもしれないけど、うっかりしているといけないから」と善意で言葉をかけてくれているのだろうとは思うけど気を遣った結果、傷を負わせるなら言わない方がいい。とか何とか思う訳です。じゃぁ、言わなきゃいいかというと、いや、言わない人が必ずしも信頼しているかというと、関心がないだけなのかもしれない。あるいは、どうせやらないからと信用していないのかもしれない。マジか。だとしたら、言ってくれた方がいくらも有り難いということになる訳です。ただ不思議なことに「今やろうと思った」瞬間に声がかかることが圧倒的に多いのです。これが不思議で仕方がない。少し順番を入れ替えてみようかとも思います。解っていることを指摘されることが辛いのでしょう。知っていることを教えられる時の悔しさも多少はあるのかもしれません。だけれど折角教えてくれているのに「あ、それ、知ってる」と遮ってしまうのは残念な気がします。ひょっとしたら自分

の知らない最新の情報も入っているかもしれないし。知ってるつもりの話を他の人の言葉で耳から入れて、おさらいというか確認することは意義深いようにも思います。悔しさを感じるのは「教えられる」事を恥ずかしいと思っているからではないだろうか？　教えてもらえる事ってすごく恵まれていることだと思うんですね。相手の人が僕に関心が無かったらきっと何も教えてくれません。この人に伝えたいと思ってくれているから聞かせてくれるんでしょう。これは有り難いことだよね。人間というのは社会的な生き物で、他者との関わりの中で生きるから充実を感じながら生きることが出来るのです。聖書の中にも「人が一人でいるのは良くない」と書かれています。美しい風景も自分一人だけで眺めているのでは少し寂しい。美味しいご飯が美味しいのは好きなあなたと一緒に「美味しいね」って言いながら食べるから。お笑い番組を見て腹を抱えて笑えるのはネタが面白いだけではなくて一緒に笑うことのできる友達がいるから。孤独を感じながら生きている時でさえ祈る相手がいるから支えられる。思うように愛する人を見つけることのできない苦しい時期だってあるかもしれない。だけれど自分に声をかけてくれる人がいるなら、たとえそれが「今やろうと思ったのに」というような声掛けでも大切なのだと思いますよ。その言葉を受け入れることでコミュニケーションと信頼関係を深めることがきっとできるから。

29 「自粛」 ※コロナ禍第2波期に執筆

　未曽有の感染症の流行によって「自粛」という言葉がよく使われるようになった。自粛って本当は誰かに強制されてというのではなくて自分の意志で控えめにすることなんだと思うんだ。自粛ムードという言葉もあって政府や行政が何か言わなくても空気がそうさせるということもあるのだけど、現在の自粛はまた新手のもののように思います。各都道府県の知事さん、特にメディアに露出が多いのは東京の小池さんだけど「営業や外出を自粛してください」禁止など強制するわけにはいかないから、柔らかく言ってるんだよね。そのための非常事態宣言なのだから禁止って言ってしまってもいいんだろうけど、反発による統制崩壊を恐れているのもよくわかる。でもある日のニュースで営業を続けているパチンコ屋さんと利用客のことを「まだ、やっていらっしゃるところがあるのと、まだ行ってる人がいることに驚きました」という立ちをお察しできるコメントを口にした。僕は以前から運動不足の解消を目的に、休日には散歩に出かけることをしているのですが、これを制限されるのはつらいなぁということと、僕の仕事は在宅でできない仕事だから毎日出勤していることもあり、引きこもってはいないです。必要な買い物にも出かけます。いわゆる不要不急の外出については、もともとしない人なのです。散歩につ

72

いては「換気のいいところに単独で出かけるのだから、まぁ、いいでしょ」と続けています。最近感じていることは非常事態宣言以前よりも例えば川べり（河川敷）などの人気が急増していることです。僕の散歩は堤防を歩くのでお互いに影響はないのですが、河川敷の混み具合が尋常じゃないのです。解り易く言うと密閉されていないだけで密集、密接状態です。この人たちは本当に大丈夫かなぁと、遊びに行く場所とメニューが変わっただけでちっとも自粛になっていないんじゃないだろうかと心配させられるのです。人との接触を8割減らしてくださいよ、というのが感染防止、ウイルスの抑え込みの観点から掲げられた目標数のはずなのですが。屋外とはいえ、こうして多くの人が群がっている姿を目の当たりにするとなんだか鳥肌が立ちます。そのくせ報道に関して休業補償が安いのなんのと匿名で批判的なコメントを流すのは卑怯だし、なんだかやるせない思いが湧いてきます。思うように生活できないからストレスもたまるのはよくわかるし「お家で過ごそう」といっても太陽の恩恵は必要なんだとも思う。「日曜日くらい」とたまたま同じ感覚の人が一気に溢れかえってしまったのだろうと想像もたやすいけれど、蓋開けてそれだけ大勢の人がそこにいるなら中止には出来なかったんだろうか？　なんてことも思うわけです。お店屋さんでも平然と長時間並ぶことのできる国民性だから混雑は気にならないのかも

しれないけれど「このご時世」ということが頭にちらつかないのかなって不思議に思う。そもそも本当の「自粛」じゃなくて、させられてる「自粛」だから頭の中には否定する材料がいっぱいなんでしょうね。この緊張感のなさが日本人の弱点なのかもしれない。

30「微笑みを交わす相手」

　毎日忙しく暮らしていませんか？　仕事に追われていませんか？　感染症のパンデミックで社会の経済活動が失速したこともあり一時期のことを思うと緩やかになったようにも思いますが、必要な職業にしわが寄ったようにも感じます。逆に自粛を余儀なくされた職業もあると思います。仕事があふれた方とあぶれた方の両極化が進んでいるように思います。行政が補助金を設定しますが、追い付いていません。従来の生活保護制度も制度の見直しを求められているのではないでしょうか。この時期だからではありませんが、本当に保護が必要な方に行き届いていないのではないでしょうか？　感染症が原因なので誰かのせいということではないのです。しかしそれではやりきれなくて行政や政治家を攻撃する人もいるのではないでしょうか？　起きてしまった状況は仕方がないので感染症と共生する方法を模索する人もいます。効果的な対処法が見つかることを願います。不安や不満を抱えて苦しみを背負って生きている人が多いと思います。無責任

に「笑顔で生きましょう」なんて言えません。

　それでも人はつらい顔よりも笑顔が魅力的です。どんな人でもです。スクリーンに登場する俳優さんなど「渋い顔」が魅力的なかっこいい人もいますけど、そういうことではなくてね。素に戻った時に見せる表情はなんといっても笑顔が素敵です。微笑みでいいのです。あなたには微笑みを交わす相手はいますか？　博愛主義で誰にでも笑顔を向けられる方もいるでしょう。あるいは職業的にサービスを旨とする人も多くの人に笑顔を見せていると思います。心の底から喜んでいますか？　無理をしていませんか？　職場や生活の中ですれ違う時に「ふっ」と微笑み合える人がいますか？　それはとても尊いことなのです。本物の微笑みは人に力を与えます。営業スマイルなんて言い方があって、職業的なテクニックとしての笑顔です。それでも嫌な顔で商談されるより笑顔で商談された方が好感度が圧倒的に上がります。ま、嫌な顔で商談する人はいないでしょうけどね。場合によって作られた笑顔という意味で引き合いに出しました。

　自分が辛い時に人の笑顔が嫌味に感じることもあるかもしれません。だとしたら心が荒み始めています。そんなときほど大きく深呼吸してふっと息を抜いてください。背負いすぎたり思いつめすぎると本当のあなたが閉じ込められてしまいます。開放してあげてくださいね。そしたらきっと、微笑みを取り戻すことが出

来ます。きっと。

31「自分探しっていうけど」

　自分探し……生きている中で何かに行き詰まったり
疲れてしまった時に、本当の自分を探すとか自分を知
るとか自分の心と向き合うとか、そんな言い方をしま
す。日常に忙殺されて自分を見失ってしまっているた
めです。若い頃に導いてくれた指導者が「黙想とは人
間性回復の力になる」と教えてくれたことがあります。
この人間性回復というのが世間の言う「自分探し」に
当てはまるように思えます。自分探しというけれど、
これは言い換えれば現在の自分を知るということで
しょう。自己覚知の一面と言えます。自分を見失うほ
ど、例えば仕事に忙殺されたり人間関係に苦しんだり、
もともと人間はそれほど強くはありませんから、そう
いった状態に陥ってしまうのでしょう。趣味や宗教な
どを持ち上手に精神の安定を図ることのできる人もい
れば、「そうしたもの」と悟り落ち着いて生きる人も
いるとは思います。ではあるのですが識別という行い
は生きる上で実に重要な位置を占めています。もっと
も無自覚にそれを為している人もいるのでしょう。あ
る人は旅をする中で自分を探すと言います。旅先に自
分が潜んでいるとは思えませんが、旅をする中で出会
う出来事や人物の中に自分の似姿を見つけるという事
なのでしょう。自分探しに年月をかける場合もありま

す。正しい言葉の使い方ではありませんが、モラトリアムを過ごす人の中には自分探しを目的としている人もいるのでしょう。モラトリアムを持つことが出来る人はしかし恵まれていると思います。一時的なこととはいえ本人にとっては虚無感との戦いもあってそうは思えないのでしょうが、その代わり社会の様々な障壁との戦いからは身を隠すこともできるのだし、生きるための糧を得るために身を粉にすることからも逃れることが出来ます。その時期を持つことが可能だということは経済的な安定がなければそういう訳にはいかないからです。そういう意味で、恵まれていると言えます。同様に自分を探すことが出来るということは、その時間を持つことが出来るということは、やはり恵まれているのです。一生懸命自分を探している最中の人にぜひ気づいてほしいことは、探さなくてもあなたはそこにいますよということ。あなたが探しているのはあなたですよ。メーテルリンクの青い鳥のように探しているものは実は日常の中にあるのです。しかも隠れているのではなくあなた自身が気づいていないだけなのです。もっと劇的な特別な自分に出会えることを期待しなくていいのです。素直にそこにいる自分を認めてあげてください。頑張ってるじゃないですか。苦しみと戦っているじゃないですか。本当の自分はもっとこうじゃなくてと、目を背けたりハードルを上げなくていいじゃないですか。あなたはあなたのままのあな

たを認めて慈しんでください。自分探しよりも自分との向き合い方を探した方がいいのかもしれません。ですが、それなら答えはもう見つかっています。認めて慈しむことです。

32「弱さって何だろう」

　数年前になりますが東京都が、パラスポーツを応援するために東京駅構内に掲示していたポスターを撤去した。ポスターには、「障がいは言い訳にすぎない。負けたら、自分が弱いだけ」というフレーズが大きく書かれており、インターネット上で物議を醸していた。ある指摘は「誤解・曲解をさらに助長する」と言っていた。ポスターは、東京都が主催するパラスポーツ応援プロジェクトの活動の一環で制作。都内で開催のイベントの企画の一つとして同駅構内などに掲示されていたもので、全23種類。それぞれ23人のパラアスリートの競技写真とともに、それぞれが競技に向き合う気持ちを表したフレーズが書かれているのだが、そのうちの1枚に書かれていた。

　あるSNS投稿者が同ポスターを撮影して投稿すると、この文言をめぐって都に疑問の声が相次いだ。選手が自分自身に向けた言葉だとしても、このポスターだけでは判然とせず、不特定多数の人の目に触れる場所で掲げられる言葉として配慮に欠けていないかといった趣旨のものが見られた。「ご本人がそう思って

頑張る分にはいいかもしれませんが、ポスターにして多くの人の目に触れるとなると、障害や障害者に無理解だったり差別意識を持つ人々の誤解・曲解をさらに助長するという負の効果しかないと思います」という書き込みもあった。「本人がそういう気持ちでがんばってきたっていうことを、東京都はポスターにして何を期待するのか？　2020パラリンピックの宣伝なの？　パッと見て、何言ってんだ？って思うわ」「障がいの程度は、千差万別なんです。障がいについて全く理解が進んでいない」など、いわゆる炎上。

　ニュースサイトが投稿者に取材し話を聞いたところ、自身にも障害があり、障害者雇用で事務の仕事をしていると明かした。ポスターを見た時の率直な感想について、「びっくりしました」としてこう話す。「障害を言い訳にするな、というのは、典型的な障害者差別の言い方です。あとでパラリンピックのスポーツ選手が、勝負にこだわる文脈での発言が元になっていると知りましたが、ポスターを見ただけでは分からないので、単に障害者に向かって、言い訳するなと説教しているように思えます」「障害の人や病気の人は、その人なりにすごく頑張って、それでもできないことや無理なことがあるのに、それを『障害は言い訳にすぎない』と言われてしまうと、もう何もできなくなってしまうほど、ひどい言葉だと思います」。ところで、今回の言葉は本当に本人が発したものなのだろうか。別のイ

ンタビュー記事中にある「それまで健常の大会に出て
いるときは、障がいがあってもできるんだという気持
ちもあれば、負けたら『障がいがあるから仕方ない』
と言い訳している自分がありました。でもパラバド
（※パラバドミントン）では言い訳ができないんです。
シンプルに勝ち負け。負けたら自分が弱いだけ」と
語った本人の言葉が元だと言われている。

　東京都は「当該ポスターにある『障がいは言い訳に
すぎない。負けたら、自分が弱いだけ。』という言葉
は、本人がメディアの過去のインタビューにおいて発
信された言葉を基に、競技団体の御協力・御確認の下
に、東京都が責任をもって制作したものです。この言
葉は、選手御自身が競技に向き合う姿勢を表したもの
であり、決して他の方に向けられたものではありませ
ん」とだけ回答した。ただ、担当者はそのうえで、
「しかし、東京都のデザイン及び掲出方法に不適切な
部分があり、複数の方から御指摘をいただきました。
御不快な思いをされた方々に心よりお詫び申し上げま
す。また、御指摘を下さった方には御礼を申し上げま
す」と謝罪。また、「併せまして、○○選手及び日本
障がい者バドミントン連盟様には、御迷惑をおかけし
たことを深くお詫び申し上げます」と本人らに対して
も謝罪している。指摘を受けての対応については、
「頂戴したお声を重く受け止め、東京駅構内の当該ポ
スターを撤去するとともに、公式ウェブサイト内の当

該ポスター画像を削除いたしました」とのことだった。
……というのが概要だ。

　この件については障害のある人も、そうでない人も多くの人が反応している。ほとんどの人はこのポスターに対して批判的で「考えられない」という目線で声を上げている。

「弱さ」って何だろう。僕はこの選手の心意気を尊敬している。そして本人にとって真実だと思う。ポスターに批判的な立場の方の主張に「障害は千差万別なのに『障害者』に対する誤解が」と言うのは、そこで既にカテゴライズしてしまってはいないだろうか？当事者ではない立場の方がご自身にも障害があってということなのだが、ご自身が「障害者」という括弧を自分につけているのではないだろうか？　また、障害を持たない方の「ありえん」や「配慮が足りない」の根底には「障害のある人は弱くて当たり前」という差別があるのではないだろうか？　だから「配慮に欠けている」と感じているのではないだろうか？　小さな子供には何も出来ないと思っているから大人は「かわいそう」だからと手を貸すのでしょう？　「障害者は自立出来ない」と決めつけているんじゃないだろうか？　そもそも「障害者と健常者」という分別が大きな間違いのもとではないのだろうか？　「共生」という言葉が存在するのは「著しく違う」という思想が根元にあるのでしょう。物理的な違いがあるんだから仕

方のない部分も多いけれど「同じ」であることを表現するのがユニバーサルデザインの役割でもあるのだと思います。またこのポスターが格闘家がモデルで「障害」を「怪我」と書き換えたらどうだろう。「かっこいい」って思う人が結構いるんじゃないだろうか。そこには克服という力強さが勇気を与えるからだと思います。この騒動については観る者の心に巣くう障害を持つ人自身も含めた「障害者への差別意識」が招いたのではないかと僕は分析している。僕らの目指すべき社会は「障害」という言葉が存在しない、つまり使う必要のない社会ではないのだろうか？　僕はこの選手の言葉はその一歩になり得たんじゃないかと思う。だから逆に撤去されたことを残念に思います。現在、社会生活で自立して生きることに何らかの障害を感じている方、原因が疾病の場合もあれば、その他の環境的要因もあるでしょう。あらゆる人が幸福を感じて生きられる社会が整えば「障害を感じて生きる」ことはなくなるのではないでしょうか？　そうすれば「障害」なんて言葉を使う必要はないですよね。それが本当の共生ではないだろうか？　今回のお話では刺さる言葉を使いましたがご容赦ください。

33 「手放しちゃいけない」

　僕らの体の中で一番思いを伝えることが出来るのってどこだろう。なんてことをふと考えました。目で

しょうか？　目は心の鏡なんて言って、感情を映し出すと言われます。でも、目だけで思いを伝えることは出来ますか？　言葉は気持ちや考えをよく伝えます。ということは、一番、思いを使えるのは口でしょうか？　口は禍の元なんて言葉があります。余計なことを言ってしまって争いのたねになることがあります。それでは口が、一番、思いを伝えるわけでもなさそうです。手はどうでしょう。手のひらには手当てという言葉があり病気を癒す力があります。宗教的な儀式では按手と言って、手のひらをかざすことで力を与えたり神秘的な力を伝承したりすることがあります。また、友好の証に握手をしたり、仲良しの友達や恋人は手をつなぎます。習慣によっては紳士が淑女の手の甲に接吻をする挨拶もあります。気功術は手のひらから気を放ちます。手のひらはどうやら人から人へ何かを伝える場面で大活躍のようです。小さな頃に、両親や先生に褒めてもらって頭をなでてもらったことがありませんか？　嬉しかったことを思い出すでしょう。手のひらは人の心の温かさを伝えます。哀しい思いに包まれて涙をこぼすようなとき、優しい人の手のひらで頬を包んでもらうと温かい気持ちになるでしょう。それは思いを伝える力があるからなのです。だから手をつないでいたい。大切だと思う人ほどその手を放したくない。

　僕らの人生って、本当に多くの出会いがある。だけ

ども出会いの数と同じだけ別れがある。出会えることって素晴らしい恵みだと思うし嬉しいよね。出会いが嬉しいほど別れは寂しいし哀しい。絶対に放しちゃいけない手がある。でも、それがどの手なのかは判らない。見ただけで判れば苦労はないけど、判らない。取扱説明書みたいにどんな手なのかが書いてあれば迷いや失敗はないのだろうけど、そんなに甘い話でもない。出会いにもいろいろとあるのだけど、人との出会いばかりではない。動物の場合もあれば、本や絵画、風景の場合もある。子供の頃に夢中で集めたコレクションだってそうだ。だけど成長の過程でいつの間にか魅力を感じなくなって気が付けば手元に残っていないこともある。物はいいよね。飽きればいらない。だけどこれが人だとそうはいかない。大喧嘩してお互いに離れることもあるだろうけど、一方的に去られることもある。「捨てられる」って言うのかな。切ないよね。説明書はついていないけれど自分を大切にしてくれる人はかぎ分けられるような気がするよね。その手を放しちゃいけないと思うんだ。そしてもう一つの手は自分を支えにしている人の手を放さないようにしないと。自分が護らなくてはいけない人の手。子供の場合もある。力を貰う手と与える手なのだと考えると解り易いのかもしれない。多分、僕らは無意識の内にそうしているんだと思う。放しちゃいけない手がある。

34「受付」

　病院の受付に立っていると実に様々な人が訪れます。月に一度の事ですが患者さんは病院に着くと保険証の確認をします。診察券と保険証を手に受付のカウンターにやってきます。現在の日本の医療保険制度では3割の自己負担が基本です。高齢者に対して年齢で刻み2割、1割と自己負担率が変わります。そして年齢のみではなく経済環境などの条件も加味されます。なので後期高齢者医療証と呼ばれる保険証と共に後期高齢者限度額摘要・標準負担額減額認定証という舌を嚙みそうな名前のはがきサイズの認定証を持参します。また、高齢者や障害を持った人には通称マルフク、福祉給付金受給者証を併用して自己負担を完全に0割に出来る人もいます。0割というのは病院の会計窓口でお金を払わなくていいということです。0割になるケースは高齢者に限った話ではなく、生活保護法による医療扶助（そもそも生活保護受給者は保険証を持ちません。その代わり医療券を持参します）、児童福祉法における療育給付や小児慢性特定疾病医療支援、こども医療証、母子保健法による療育医療、原爆援護法、難病法、障害者総合支援法、労災保険法、自賠責保険……諸々の要件を駆使して0割が実現します。小さな子供を連れた親御さんはその子の診察券と保険証、こども医療証を見せてくれます。有効期限などを確認し

ます。子育て世帯にとってはありがたい制度ですね。我が家もその恩恵にあずかった時代があります。さて窓口に小さな子を抱いて訪れた若いお母さんが診察券と保険証を見せてくれたので「こども医療証はお持ちではないですか？」と聞いたところ「今日は私がかかるので」と……お互いに目を合わせ「あぁ（微笑）」と。こんなエピソードも微笑ましい場面です。しかし考えてもみると子育てお母さんは自身の受診にも子供を置いてくるわけにもいかないので大変です。就学児であれば保育園や幼稚園、学校に行っている間に病院に来れます。親の支援を得られればいいでしょうがそうもいかないお母さんもいるのが現実です。同様に障害を負った子供や親と一緒に生活している人が受診したい時。老老介護と呼ばれる言葉があります。高齢者の介護をしている人も高齢者なのです。はちまるごーまる問題という言葉もあります。障害を持った50歳程度の大人の世話をしている親が、80歳ぐらいという現実のことを言います。病院や保険が精度を上げても通院環境や支援の体制にはまだまだ隙間があるのです。小さい子供を連れているからと言ってその子が患者とは限らない。患者と付き添いの組み合わせに正解はなく、あらゆる患者が安心して通院できる環境の整備も必要なのだと思います。もっとも通院の難しい患者のための訪問医療が整備されるわけですが、全ての傷にガーゼが貼られている訳ではないというのが現実です。

病院も訪問も、医療が必要とされないほど全ての人が健康になれば、それが理想的なんでしょうけどね。とはいえ病院の必要性はただケガや病気を治すという事だけではなく、心のケアの役割もありますから私たちはいつでも笑顔で患者を迎えるのです。

35「できない子を作り出しているのは大人だよ」

「ちゃんとやった？」「きちんとして」「早く」「これじゃ恥ずかしい」「がんばってよ」……言われると凹む言葉の数々です。

　ちゃんとやってるのになぁ……きちんとしてないかなぁ、これじゃあだめなのかなぁ……ちょっと待ってよ……そんなことわかってるよ、一番恥ずかしいのは自分だよ……がんばってるってば……期待を寄せるのは勝手なんだけどさ、その通りにならないからって「どうして出来ないの？」は筋違いだと思います。わが子の場合は特にその感覚が麻痺してしまいますよね。心配だからです。子供の行く末を案じない親なんていませんから、その子の将来を思えばこそ転ばぬ先に杖を持たせてあげたくて、アレもコレも身につけさせないとという具合に気が焦ってしまうのです。よく解る感情です。だけどね、自分が子供の頃をよく思い出してみましょう。自転車の練習をした時に転びませんでしたか？　転ばなきゃ解らないコツってありませんでした？　少し危険なセリフですがバイク乗りの人が

「削った命の分だけ巧くなる」と、転倒しないで運転を覚えることはないよと語っていたことがあります。出来れば転びたくはないですが、言ってることは解る気がしました。火や刃物でもそうですよね。子どもの安全のためにと遠ざけてしまうと、結局使い方を覚えられないまま変な大人になってしまったりとか、いざ大人の監督下から外れた時に大けがしたりとか。経験しないと会得できないことってあるんですよね。少し先を歩く大人の目から見ると心配だなぁと思うことばかりですが必要な刺激なんだと思います。また、冒頭の凹む言葉たちですが「やらせてみる」からと言って追い込むのはよくない。その子のペースがあります。親や大人の期待とは別のところにその子の人生はあります。自分の足で一歩一歩踏みしめて登ってこそ美しい見晴らしに出合えるのです。大人のペースで連れて行かれても感動や喜びは薄れてしまいます。また「やろうと思ったのに」というタイミングでの「やりなさい」「やってないじゃない！」これがご法度なのは皆さんがよくご存じのことですよね。

　その子にはその子の歩幅があって、その子のペースで成熟してゆくのです。そこを度外視して大人の期待するタイミングで応援しても却って萎えてしまいます。残念なことです。「できない子」を作り出しているのは存外「できない子」にならないために一生懸命取り組んでいる大人たちなのです。皮肉なことですがそう

いう面があるということです。

36「出来ることをすればいいよ」

　東日本大震災の復興もままならない内に、西日本が
大きな水害に見舞われました。日本は本当に災害の多
い国だと思います。タイミングの悪いことに、そんな
時に国家のリーダーが日本にいなくて初動が遅れたり
などの付帯状況もあり、国民の心は不安にさいなまれ
ます。僕らの国はこの先どうなるんだろう？　戦争に
なっちゃうのかなぁ？　災害で壊滅してしまうのか
なぁ？　外国に占領されてしまうのかなぁ？　様々な
不安に駆られながら、それでも経験は人を鍛えますか
ら2018年の西日本豪雨に反応して、現地にも大勢の
ボランティアさんが割合と早い段階で集まり活動して
いるようです。困っている他の人のために積極的に時
間を割いて行動することのできる人が増えています。
情報が早く行き届くようになったことや、こうした不
測の状況下でのコーディネート能力を持った人材が社
会に増えているということなのでしょう。もはや不測
の事態ではないということかもしれません。日々の現
実の生活の中で、不測の事態にも目を配り、様々なシ
ミュレーションを鍛錬し、SNSで情報交換をこまめに
最新の状態に保ちながら、何かが起きれば駆けつける。
これはすごい事なのだと思います。若い人はこれらの
経験を通じて将来の道を探ることもあります。そこそ

この年齢の人であればライフワークを発見する場合も
あります。こうして現地で取り組んでいる人の話を耳
にして、様々な生活上の制約で自分が現地入りできな
いことを嘆いたり負い目に感じる人もいるようですが、
残念なことだと思います。その人が現地に行けないこ
とが残念なのではなく、「行かないことで負い目を感
じる」感覚がはびこることが残念で仕方がないのです。
出来ることをすればいいと思います。お金のある人は
寄付をします。時間のある人、旅費などの余裕のある
人は現地に飛べばいいと思います。言葉を発信するこ
とが得意な人は、そこを引き受けたらいいのです。歌
が得意な人は歌を使って励ましたり後世に伝えたりす
ればいいのです。得手不得手、事情は人それぞれ、
せーので皆と同じことができない人だっている。大事
なことは「何かが出来る」事じゃない。「何かが起き
ている」事を無視しない事なのです。日本人の未熟な
ところは、長い間、絶対君主のもとで封建社会に生き
てきたために自分で考え判断する事が苦手なのです。
村社会だったこともありみんなと同じじゃないと安心
できないのです。自分だけ、違うことを言ったりした
りすることが不安で仕方がないのです。群れの不文律
から逸脱することは孤立無援を意味します。これが実
はこの国の発展を妨げている原因でもあります。国の
発展など大げさな話はさておき、善意や義憤に駆られ
て何かをする時は「無理はせず」と思った方がいい。

動機は「しなくっちゃ」であっても、出来ること出来ないこと、したいことしたくないことを見極めずに取り組むと「嫌」になってしまう。それでは辛い。助けてもらう側にとっても、そのために誰かを犠牲にするのは忍びないのだ。ありがたい気持ちを通り過ぎて複雑な気持ちになってしまう。自分を犠牲にして誰かを幸せにすることで喜びを感じる生き方も否定しないのですが、それはこっそりやってね。「私のことはいいから」という自己犠牲がにじみ出てしまうと、その親切を受けることに痛みを感じてしまうものです。素直に喜べなくなってしまう。そこまでしてくれているのに残念ですよね。だから無理なんてしなくていいんです。とはいえ、あんまり余裕な顔だと、今度は「バカにしてるの？」という気が起きてしまう場合もあるからほどほどがいいよね。

37「身の丈」

「身の丈を知る」という言葉を聴くと「謙虚に自分の力の無さを認めなさい」って聞こえるのだけど、実はそれでは偏っているように思うのです。身の丈を正しく知るというのは言い換えれば自己覚知であって、「出来なさ」や「ダメさ」の加減を知るのもそうなんだけど、自分のグレートなところも認めろよって思うんです。言葉として「身の丈を知りました」は便利ですよ。相手にはすごく謙虚に聞こえるし。けれども自

分のスケールのでかさではこんなちんけな場所には収まらない。というのが真相だったりする（笑）。身の丈を知るっていうのは自分のでかさを知ることでもある。そこそこの社会的な地位にいる人って部下も沢山いて、「使えないやつ」がいて大変とかいう人がいるじゃないですか。僕は思うのです。「使えないやつ」がいるんじゃなくて「使いこなせない自分」がいるんだと。私自身もそうです。いろんな上司に仕えましたが、僕を正しく有効に使いこなせた人は3人しかいませんでした。1人もいないというなら僕に相当な問題があるんだろうと思えるのですが、3人の人は上手に使いこなしたわけですから、使い方の問題も大きいのでは？　と思うのです。赤裸々な話ですが上司や経営者に能力を疑われたこともありました。要望に対して期待通りの結果が出ないからです。ではあるのですが、ネズミを減らしたいなら猫を飼うでしょ？　人にはその人の使い道があるのです。適材を適所にマッチさせられるかどうかはコーディネーターのセンス次第です。ライセンスだけで配置をしてしまっても巧くいきません。取説をよく理解して機能にあった役割を持たせないと期待通りに動くわけがないのです。とは言え人材を探し当てるというのは本当に苦労することですから、経営者さんの気持ちも解らなくはないですけどね。ではあるのだけど自分の眼鏡違いを棚に上げて、思っていたほどやってくれないと当人を責めるのは何かが違

うとは思いますよ。そんなのハラスメントじゃん。「使えない」って言ってる上司さんは恥ずかしいと思わなきゃ。「私には使いこなすことが出来ません」って叫んでることに気づいた方がいいでしょう。さて身の丈に話を戻しましょう。大事なことは身の丈を正しく知るということです。「身の丈を知る」という言葉の使い方は大抵が、自分には過ぎた待遇だとか役割を自覚した時に使われますが、そうではなく自分には狭いフィールドだったり自分が人生をかけるにはお粗末な事業体だったり、上司や経営者だったりに気が付いた時にも「自分の身の丈に合っていない」と言って構わないのです。身の丈を知るというのは自己覚知の事です。とかなんとか、ひがみじゃないよ。

38「進路は続くよいつまでも」

　進路という言葉があります。これは生徒や学生が将来の夢を描き、それを具体的なものとするために道筋を計画し進む道を決める時に使う言葉です。学校には進路指導の担当教員がいる場合もあります。進学するのか社会に出て働くのか、はたまた別の道を見出すのか。進路指導の教員と保護者と三者面談をして次のステップについて相談をします。このことに多くの若者は真摯に取り組みますが、稀にですがピンとこない子もいます。僕がそうでした。「進路」という言葉は知っていてもどういうことなのかピンと来ていません

でした。決して破天荒な性格ではなく真面目で堅実な方でしたが、将来に対する危機感は持ち合わせず毎日をどちらかというとお気楽に生きていました。「何とかなるさ」「なるようになるさ」「ケ・セラ・セラ」。まだ見ない明日のことに思いを患い、くよくよするために時間を使いたくなかったと言うと聞こえがいいでしょう？　そんなことよりも今を懸命に輝かせるのに精一杯でした。そんなことだから思う学校にも入れず予備校に通う羽目になったのですが、それもまた人生だったのだと思います。私には大きな夢はありませんでした。漠然とした希望はもっていましたが「目標」と呼べるものはなく、どんな人でいたいかを追求していたように思います。学校を卒業して社会に出ると、そこには進路指導の先生はいません。自分の進路を相談できる指導者がいないのです。多くの人はそこに辿り着くと進むべき道が定まり、ぶれずに生きられるから進路指導の先生が必要ないのです。その代わり職業安定所に行くと求職の相談に乗ってくれる人がいます。また仕事は辞めずに続けながらも心に闇を背負って思い悩む人には、神父さんやお坊さんなどの宗教家が道標を示してくれたり、あるいは著名人の書いた本などがその役割を果たすこともあります。進路というと学生にこそ縁の深い言葉のように思われがちですが、実は生きとし生ける全ての人にとって切っても切れない深い縁のある言葉なのです。だって進路というのは、

行く道の事でしょう？　つまり生き方ということです。人生をどう歩んでゆくかという事なのですから、人生という旅路を終えるその日までずっとずっと関わりのある言葉なのです。進路は続くよ、どこまでも。野を越え、山越え、谷越えて。僕らの命が尽きるその日まで。

39「人間なんて強くて弱いから」

　荒れた天気が続いた後に晴れた青空がのぞくと何とも気持ちがいいです。そんな日は少しばかり暑くても、また肌寒くても苦になりません。よく晴れたということが気分をよくするのです。いつも辛そうな顔の人がたまに見せる笑顔。怒ってばかりいる人が喜んでいる姿。あんまり良くない状態の後の良い出来事って、ささやかであっても、すごくいいことに思えます。だめだなぁって気分が落ちているときに、ささやかないいことに巡り合うと思いがけなかった分だけ喜びが大きくなるようです。そんな時に、強さを感じます。底力と言おうか、人間ってどん底からでも這い上がれる力があるんだなぁって。敗戦からの、大災害からの復興。勿論、一人一人の力は本当にささやかでちっぽけです。大物と呼ばれる人だって影響力や権力が人より沢山与えられているのであって、個人の力は特別強い訳ではありません。もっとも他の人より少し孤独に強かったり、何かを我慢する力が強かったりはするのですが大

きな仕事は一人で成せる訳ではなく有償、無償を問わず多くの協力者がいるから成し遂げられるのです。一人一人の力は小さくても思いが集まれば大きな力になります。点滴石を穿つという言葉があります。どんなに小さな力であってもこつこつと年月をかければ水滴でさえ岩を砕く力を持っているのです。蟻が象や水牛に襲い掛かり倒してしまう衝撃映像を見たこともあります。自分の何万倍もの巨体であっても群れで戦うことによって倒してしまうということです。人間の持つ力もこれに似ています。逆に人間は一人では生きることさえできません。現代の社会は特に長い時間をかけて分業が進んでいますから、どれほどの力自慢であっても一人で生きることは無理です。サバンナで暮らす動物たちや深海で暮らす生き物など、生きるための最低限を親から受け継ぐと一人で生きるようになります。年老いて泳げなくなった魚、飛べなくなった鳥、走れなくなった豹、人間だけが死を迎えるまで他者を助けます。産み落とされた瞬間から自分の足で立ち上がる馬の子。人間の子は生まれてから立ち上がり歩くのにどれぐらいかかりますか。人間の子が生まれた時に出来ることといえば「泣く」ことぐらいです。他の生き物は母の胎内や卵の中でほぼ完成されて生まれてきますが人間だけは事情が違います。それは人類が二本足で歩くようになったからだと考えられています。そのため未完成で産み落とさないと母の体力が持たないの

です。産んでから仕上げるのです。生まれた時には泣くことしかできない人間が、やがては天にも届く塔を建てたり海を越えるトンネルを作ったり世界中をインターネットで繋いだり、宇宙から地球の姿を映像に収めたりするのです。この弱くて強いのが人間なのです。神秘的な生き物ですよね。人間は神の似姿として作られたと言いますから神秘的であっても不思議はないですね。(o^—^o) ニコ

40「川島さん」

　もう天国に行ってどのぐらいになるかなぁ。若い頃に関わった難病の患者さんです。僕が司祭を目指して神学校にお世話になっていた頃の話。先輩の神学生が司祭に叙階されて海外の宣教地に派遣が決まりました。実に恵みの大きなことです。その1年近く前に彼は神学生としての養成の最終段階に入る訳ですが、その準備として諸々の関わりや制約を整理する必要があり、その中の一つに筋ジストロフィーの患者である川島さんの入浴介助がありました。先輩は週に1度、川島さんがお風呂に入るためのお手伝いを数年に亘り続けてきました。この先輩は僕が神学校に入る前に知り合い影響を受けた人物でもありました。自分の所属する教会の主任司祭に推薦状を書いてもらい神学校に受け入れてもらいました。僕が神学校に入ることが出来たことを知ると先輩は、頼みたいことがあるといって病院

に連れて行きました。そして川島さんを引き合わせて
くれました。先輩がどんな風に介助してきたかを教え
てもらい後を引き継ぐことになりました。川島さんは
寝たきりではなく昼間は車いすで過ごしていました。
髪型はオールバックです。筋ジストロフィーというの
は筋肉が徐々にしぼんでしまい身体が動かなくなる病
気です。当然ですが最後には心臓や脳に達して死んで
しまいます。僕が出会った頃は僕が学生で川島さんは
おじさんでした。お風呂と言っても午前中に入ります。
記憶に間違いがなければ川島さんのお風呂は毎週火曜
日だったと思います。朝の祈りに続くミサの後、朝食
が済むと神学校から出かけて駅近くの病院に行きます。
病棟5階の川島さんの部屋に行く前にお風呂場に行き、
お湯が張ってあるかを確認します。無ければ自分で蛇
口を操作して準備します。この時に使用するバスマッ
トや脱衣籠をセットしておきます。準備を確認してか
ら病室を訪ねます。別のボランティアの人がベッドか
らの移乗を済ませてくれているので、本人の入浴セッ
トを携えて部屋から連れ出します。脱衣室に着くと車
いすの上で洋服を脱いでもらいます。車いすから抱き
起こし浴室内の床に敷いたバスマットまで運び座って
もらいます。シャンプーと洗身を済ますとお姫様抱っ
こで浴槽に浸かります。現在当たり前になっている機
械浴しか経験していない介護関係者に話すと「そんな
危険な」と非難されることもあります。笑われたりそ

の原始的な手法を馬鹿にされたこともありますが、当時は設備もなくそれしか方法がなかったことを理解してほしいと思います。僕自身その方法を「野生の介護」と懐古することはありますけどね。お風呂が終わると髪を整え病院の１階にある喫茶店に一緒に行きます。風呂上がりなので冷たいものが飲みたいのですが、アイスコーヒーでは冷たすぎるのでアメリカンコーヒーを注文します。砂糖とミルクを入れた後、水のグラスに入っている氷をコーヒーカップに移し冷まします。そしてストローで飲みます。コーヒーを飲みながらああでもないこうでもないと、ほとんどが愚痴という内容のお話を傾聴します。ひとしきりの愚痴をこぼすと「でも俺は恵まれているよな」と自分を取り巻く病院のスタッフや友達の方などいろんな人を褒めます。最後には「幸せだ」って言います。愚痴っぽくって鬱陶しいなぁって思うことは何度もあったけど、この一言が全てをチャラにしていたような気がします。だから多くの人が彼の処に集まってボランティアとして貢献していたんだなぁ。そんな川島さんをふと思い出したので紹介しました。

41「選択日和」

　洗濯日和、青空が広がっていて日差しが暖かく爽やかなそよ風があるような、そんな日の事を洗濯日和といいますね。そんな日は、溜まった洗濯物を大量に

洗って干すのも苦にならないような気がします。むしろやり切った感が心地いいのかもしれません。洗濯日和は大自然の様々な条件が重なって実現しますから毎日という訳にはいきません。また、計画的に予定することも難しいです。天気予報はあっても天気予定は成り立ちませんからね。もっともSFの世界であればごくごく当たり前に成り立つ簡単な近未来技術のようですけど。

　さて、僕らの人生は選択の連続です。たまに心を洗濯することもあるのですが、圧倒的に選択の機会が多いです。日々選択、一つを選び一つを捨てる、取捨選択の日々。一つを選び一つをストックという恵まれた話もあるのかもしれませんが、大抵はワンチャンスですよね。機が熟すということもあって、その日その時が来たから到達する事柄、その時、それを見逃さずに選び取ることが出来るのか？「また、今度ね」って見逃してしまって二度と機会が訪れないことだってざらです。だからと言って熟していないのに自分の都合でヤキモキして無理に選び取って結局失ってしまうという大失敗もあるでしょう。機が熟す時はいつなんだろうか？　ある偉いお坊さんが、偉いといっても権威があるとか身分が高いという意味ではなく、人の心をよく解っているというか、心に響く言葉を語る方なのですが、その方が言うには「機がいつ熟すのかは、熟せばわかる」といいます。まるで禅問答のようで「へ？」

という感じもありましたが「ほ〜〜〜〜！」と納得してしまいました。だから、ヤキモキしなくていいよと教えているのです。夢や目標に縛られすぎない方がいいということなのです。私たちは今を生きていますから今の苦労で十分なのです。未来の事まで心配しすぎると押しつぶされてしまう。選択は今の気持ちで決めればいいのです。わからない未来に憶病になって決められなくなるよりも、今、どっちがいいのかな？の選択を迫られた時の自分の気持ちを信じて選び取ればいいのです。

　僕らは、毎日が選択日和なのです。選択をするかしないかも選択です。つまり選択をしないという選択もあります。その代わり選択をしないという選択を繰り返すと、何も前に進まないどころか、いつの間にか何歩か戻ってしまうこともあるような気がします。

42「痩せたいって言ってるだけじゃ痩せられないよ。そんなことわかってるよ」

　痩せたいなぁ……あと〇kg。よく耳にしますし口にする言葉です。健康やモテたいなど様々な理由でダイエットに取り組む人は多いですね。思うようにいかないのはどこかに取り組みに対するゆるみがあるのでしょう。食べる量や品目を制限したり、運動習慣を生活に取り入れたり、高額なダイエット補助食品やサプリメントを導入したり。方法も実に様々です。結果に

コミットする方法に大金をつぎ込む人もいるようですが、効果も人それぞれのようですね。しかしながら強化合宿のように一定期間に集中的に鍛え上げるため、宣伝効果を考えると抜群の成果が上がるようです。後はその状態を維持できるかどうかのようですね。TVタレントは仕事でダイエットする企画もあるようで痩せれるはお金が貰えるは、しかも痩せるための費用は制作費で賄われるようですから万々歳でしょうね。芸能人は生活を部分的に切り売りしますからそういう勘定が成り立つのでしょう。ところが我々のような一般人はそういう訳にはいかない。高額なダイエット方法を試すにしても自前で賄わなければならない。おまけに成功報酬がある訳でもなく、その間の生活費など係る全てが自腹です。勿論、TV番組のように頼まれて仕事として引き受ける訳ではないのですから当たり前のことと言えばそうなのですが、羨ましいなって思う事も有ります。とは言え実際にダイエットが成功すれば目的である健康を手にするわけですから、これがまぁ成功報酬と言えなくもないですね。モテたい動機の人はどうでしょう。痩せたからと言って必ずしもモテ期が到来する保証はありません。どちらかというとそちらは外見から入るより内面を鍛えることが先決のように思います。意志の強さはアピールできるかもしれませんね。私たちの日常生活は様々な誘惑に晒されています。私たちは誘惑に出合う度に心の中で葛藤を

繰り広げます。心の中の善い自分とそうでない自分が激しい議論を交わします。検察官と弁護士のように攻防を繰り広げます。そして時には自分自身が、そうではない自分に加担してしまいます。巧妙な正当論を構築し、ぐうの音も出ないまでに善い自分を追い込み説得するのです。自分の弱点を知っている自分に説得されてしまうとなかなか逆らえません。しかしながらその最大の誘惑者の罠を乗り越えるのですからこれは見ものです。

　この対決に勝利できるかどうかは、目的がどれほど切実であるかどうかにかかっています。最大の誘惑者を味方に引き込んで最大の協力者にすることが出来るかどうかはあなた自身にかかっているのです。「痩せたい」という初めの一言にどれだけの信念が込められているかが問題です。「痩せたい」と言ったからといって必ず痩せられる訳でもなければ、それほど安易なものでもありません。しかしながら「言の葉の力」という事も有ります。言霊と言ってもよいでしょう。思いを形にするにはまず言葉にして口にすることが肝心ともいわれます。ビジョンを五感で客観的に感じられる形にするということです。ビジョンは言葉にしなければ誰にも伝わりません。だから言葉にすることが大切なのです。勿論ダイエットに関して言えば、これは自分との戦いですから、わざわざ第三者に聞こえる言葉にすることもないのですが自分の耳に聞かせるた

めには必要なことです。「痩せたいな」の一言は事程
左様に重要な言葉なのです。誰が何と言おうとです。
頑張ってね。

43「経験談」

　アドバイス、助言、説教……時にありがたいけど時
に煩わしい。こんな言い方しちゃいけませんね。ただ、
どんなにいい言葉でもフィットしないこともあるので
す。他人の体験談はどこまで行っても他人の話ですか
ら経験が重なったとしても人格性格は別ですから「私
の時はこうした」をどれだけ力強く、すさまじい熱量
で迫られても「そいつはどうも」という程度にしか受
け止められないのです。それどころかこの時間を返し
てほしいと感じさせてしまうこともあるのです。問題
が薄っぺらい事ならいいんですよ。根が深ければ深い
ほど、難しくなる。皮肉ですが助けが必要であるほど
他人の体験談が助けにならないのです。励ましにはな
りますよ。この人も大変だったんだなぁ、自分もどう
にか乗り越えようという具合に話を聞きとることが出
来れば励ましとしては十分力強いです。しかし問題解
決にはフィットしません。発育、発達を扱った書籍な
どが沢山並んでいます。お医者さんや教育者の書いた
ものも数多くあります。中には実際に子育てを経験さ
れたお母さんの書いたものもあります。しかしながら
療育に関しての教科書はしっくりこないものが多いよ

うです。こんな話を聞きました。あるお母さんが息子の発達に不安を感じて先輩ママに相談しました。すると先輩ママはご自身の経験をもとにアドバイスをくれたのですが、どうにもしっくりこない。自分は自分で勉強しないといけないと思い書店で専門書を集めました。著名な医師の書いた本を何冊も読んで、そこに書かれている子育てを実践するも思うような成果が出ない。おかしい、ここに書いているようにしているのに私の子は！　私のやり方が悪いんだろうか？　お母さん自身が病み始めてしまいました。心の診療所に通うことにしました。このお母さんはしかし恵まれていたのがこの診療所の医師との出会いでした。お母さんは息子のことを医師に相談しました。医師はお母さんの話を慎重にじっくり聞き取りました。一通りの話を聞き終えると医師は温かい眼差しで「家に専門書を沢山持っているんですね。次の診察の時に全部持ってきてください」これを聞いたお母さんはこれらの専門書を精査して効果的な子育てを助言してくれるに違いないと思いました。待ちに待った次回の診察室で、お母さんは驚きます。医師はお母さんの持参した専門書を「捨てなさい」と言いました。「子育てにマニュアルはないよ。全ての子供がそれぞれに人格を持っているし発達の程度もそれぞれなのです」「他人と比べたり、他の子の経験で得た子育てを当てはめようとするから失敗するのです」と続けました。「本を読むより、そ

の子自身を見つめその子自身と語り合いなさい。その
子に合った関わりを持てばいいのです」

44「他人の日」

　3月3日には娘の成長に感謝し、5月5日には息子の、
5月2番目の日曜日には母を思い、6月第3日曜日に父
のことを、9月第3日曜日に敬老の日を迎えます。家
族のことを思い起こす大切な日ですね。とてもいい文
化だと思うのです。他人の日って無いのかなぁ……っ
て思いました。命日でもいいのですが、おめでとうっ
ていう感じでもないので発想を変えて誕生日に着目し
てみました。365日、誰の誕生日でも無い日ってある
のだろうか？　基本的には「他人の日」として祝うの
ですから知らない人で構わないのです。外国の人でも
いいのです。世界に目を向ければ、毎日が誰かしらの
誕生日だと思うのです。毎日、世界のどこかでおめで
とう。今日この日に生まれた他人のことを思う。心か
らおめでとうって。その人が生まれてきたことを感謝
するのです。その人が生まれてきていなければ何かの
歯車が変わって世界は今と違っているのかもしれない。
その世界が幸せなのか不幸なのかは判らない。でも、
きっと何かが足りなくなっているのだと思うのです。
この世界に生まれたということは偶然ではないからで
す。神様の計らいであったり、何かの使命があったり
するのかもしれない。だからって特別にドラマチック

な日々なのかというとそんなことは、きっとなくて無自覚に変わり映えのない日々を送るのです。「枯れ木も山の賑わい」なんて言うと少し違うのですが、何もしないという役割があるのです。少し言い換えると「そこにある、いる」という大切な役割です。張り切って何かしなくたって居てくれるだけで嬉しいということがあるのです。大きな大きなジグソーパズル、あるいはカンバスに描かれた一人一人が世界を彩る大事な絵の具でありピースなのです。誰一人が欠けても、その絵は完成しません。目立つ主役がいたって構いませんが、主役がいれば成り立つのかというとそうではないのです。学生の頃に演劇を経験したのですが、芝居を作るのは演出家でしょうか？　脚本家？　役者？　音響？　照明？　メイク？　様々な関係者がいて舞台は作られます。気づいている人もいると思いますが、その日、その時、その場所で舞台を観てくれる観客がいなければ完成しないのです。芝居にはストーリーがあって主人公も決まっているのですが、観客の感性によっては舞台での脇役に注目する人もいるのです。舞台ではかっこいいセリフがあるわけもなく、さえない役回りだったりするのです。でも、そんな彼あるいは彼女の立ち居振る舞い、居住まいがかっこよく映って、その振る舞いによって心をつかみ取られることがあるのです。台本は脚本家が書きます。でも最後に話を決めるのは観客なのです。言葉の価値を決めるのが口で

はなく耳であるのと似ていますね。他人の日には自分とか関わりなくても世界のどこかで生きている尊い人の幸せを祈りましょう。

45「誰のせいでもない雨が」

　学生時代に夢中で聴いた中島みゆきさんの楽曲名です。いい歌ですよ。僕らが出合う出来事には嬉しいこともあれば悲しいこともあります。感じ方はいろいろで同じ出来事でも人によってはそれほど気にならないけれど、別の人にとってはとてつもなく辛いことという場合もある。雨もそうです。おかれた環境や状況によってありがたくもあり迷惑であったりもする。雨に打たれて嬉しいときもあるし急な雨で困ることもある。僕らは不意に辛い目にあったときについつい原因を探してしまう弱さがあるよね。本当は誰のせいでもないのに。出来事に対して辛いかどうかを決めているのは自分なのに。誰のせいでもない雨を誰かのせいにして文句を言ってしまうことは愚かなことなんだけど、誰かに気持ちをぶつけないと収まらないんだろうね。そんな弱さも人間の愛しい部分の一つではあるんだけどね。でも、でも、できることなら誰のことも恨まずに日々を送りたいじゃない。雨を誰かのせいにするのはやめて、傘が置いていないことを恨むのはやめて、雨に閉じ込められたことでふいに湧いて出来た時間をありがたく受け止めて、読めなかった本を読むとか音楽

を聴くとか。出来事のもたらす良いことを見つけよう
よ。そして淡々と誰のせいでもない雨が降る様を静か
に見つめよう。耳を澄ますとしずくの落ちる音や窓を
伝う音。雨以外の生活音。車のタイヤが水を踏む音。
普段聞くことのないいろんな音が聞こえてくるよ。意
外と楽しかったりもするよ。また、景色の表情もいつ
もと違うよ。空の色一つで違う顔を見せる町の風景が、
今日のこの雨でどんなふうに映りますか？　雨の勢い
にもよるけど静けさを増したり激しさを感じさせたり。
それはもう見ていて飽きないよね。雨が降ると空気が
澄んだりもするから緑が一層緑に見えたりする。風景
の中にある池や川、海など水面の表情も変わるよね。
誰のせいでもないのに、こんなに楽しかったり美しい
風景が見えたりするんだね。誰のせいでもないという
ことは、人間の力が及ばないということでもあるよ。
人間の力をはるかに超えた出来事が僕らに美しい景色
を見せてくれたり心地の良い音を聴かせてくれたりす
るのです。心配しなくていいよ。人間は愛されている。

46 「誰のせいでもない出来事で」

　学校や職場、教会や地域だってそうです。人が集ま
る所には人間の弱さゆえに衝突や摩擦が起きます。そ
れは目に見える場合だけではなくて心の中のことも含
めてです。表面的には争いなく過ごしていても心に傷
を負ってしまうこともあります。誰のせいでもなくて

もそういうことが起きることがあります。人と人の隙間で起きる出来事です。お互いが良かれと思って口にした言葉や行いによって予期しない結果をもたらしてしまうことがあります。実に残念な状況です。わざとじゃないのにというレベルを通り越しています。勿論わざとじゃないのですが、むしろ良かれと思っていたことが残念さを増すのです。謝ることが苦手な人が多いですね。「なんで自分が」「悪くないのに」って心の中で邪魔するものがあるからです。だけれど、まず誰かが口を開かないと事態は収まりません。お互いが黙ってやり過ごしてもなかったことにはなりませんからしこりが残ってしまうのです。誰のせいとかそんなことは小さなことです。問題は皆の心に雲がかかってしまったこの状況をどうするのかが重要です。「ごめんね」って心を和ませる言葉だと思いませんか？ 誰のせいなのかを解明することは趣味で一人でやってくれたらいいです。居合わせた人の心が晴れることが大切なのです。だから率先して「ごめんなさい」って躊躇わずに口にしたらいいのです。初めに口火を切った人の勝ちだと思います。僕は普段「勝ち負けの価値観」で生きていないのでこんな言い方はしないのですが「負けるが勝ち」の典型だと思います。あるいは「損して得取れ」にも通ずることだと思います。誰かが謝った時にここぞとばかり優位な立場を取りに謝ってくれた人を踏みつけにする人もいます。愚かでもっ

たいないことだと思います。折角、事態収拾のために謝ってくれた人がいるのにその人に敬意も示さず自分の立場を護るのに必死です。心が貧しいのだと思います。誰よりも悪くないのに全ての人の罪を背負って命を捧げた人がいます。有名な人です。イエス・キリストその人です。自分のせいじゃなくても「ごめんね」を引き受けて皆の心から雲を取り除く行いだから尊いのです。イエスの行いにも似ているように思います。勿論、命のやり取りをする訳ではないので遠く足元にも及びませんよ。だけれども、自分は悪くなくても多くの人々のために自分の心を捧げることは、程度の差はあれ本質的には通じることのように思います。無意識で倣うということだと思います。このことに気づいた以上は意識的にそうするといいと思います。謝るという行為は、はた目には「敗北」です。しかし、それが自分のためではなく、人のためであるから、限りなく徳の高い行いです。これほどの「勝利」はないでしょう。

47「知識と技術と態度」

　どんな業種でも専門性が問われるわけですが、専門性とは一般的に知識と技術に目が行きがちです。実際、知識と技術が専門性を支えます。良く知っていること、実践に当たって信頼性が高いこと。高い技術と豊富な知識が備わっていることは望ましいことです。そして

素晴らしいことです。しかしながらそれだけでは不十分とする考え方もあります。知識と技術に心が伴っていなければその価値を貶めるという考え方です。私も同感です。とは言うものの知識と技術を否定するものではないと思います。心が伴えば尚、価値が高まると言った方がしっくりくるのだと思います。心って何でしょう。知識と技術をもって提供するサービスの質に影響する心。サービスを受ける人を思いやる気持ちや仕事自体に込める思いの強さのことでしょうか？　心は見えますか？　心はどうやって目に見える形で現れるでしょうか？　それが態度です。行列のできるラーメン店の頑固おやじがもてはやされた時代があります。僕には理解できないです。カリスマを気取って自分の感性を押し付ける理美容師なんてどうかしらと思います。まぁセンスに自信のない客にとっては心強いのかもしれませんね。美味しくラーメン食べたいのに喋っちゃだめだとルールを強要するのは傲慢だと思う。どんなに美味しいラーメンを提供してもです。そんな威張った人の作るラーメンは食べたくないです。心が現れるのが姿勢であったり態度です。物腰や言葉遣いなど目に見える形で心が現れるのです。私も以前、勢いのあった頃に心が備わってなければどんなに知識や技術が豊富でもダメだと書いたことがありますが、どんなに心が素晴らしくても知識や技術が無ければ元も子もないのだと思います。じゃあ知識と技術がばっちり

でさえあればいいのかというとそれは否定します。機械ならね、それでいいんだと思います。自動販売機に心は期待しません。ですが人間が人間に仕事を提供するならばやはり心が伴っていなければだめなんだと思います。知識と技術の価値を圧倒的に高めるのはその態度です。態度が良いものであれば逆に少々の失敗にも目がつぶれます。態度が目に余ればどんなにしっかりした仕事をされてもなんだか冷たい感じがして嫌です。バランスが大事なんだと思います。

48「追悼」

　大切な恩人知人が葬られている墓地があります。若い頃に見習いで身を寄せた修道会の会員が眠る墓地です。色々あって今の私は世俗の者として生きていますから、今や修道会の方々と顔見知りではあっても関係はないのですが、お世話になった方が大勢眠っている墓地なので折に触れて墓参に赴きます。仕方のないことですが年々知った人が増えてゆきます。まあ当たり前と言えば当たり前なのですけどね。中には若くして亡くなった司祭もいますから僕より若い人もいますし同じ年の仲間もいます。うんと昔の話になりますが私を指導してくれていた司祭が急逝したことがありました。その別れはとても悲しく割り切れない感情もありました。その後も寂しい思いが長く続いたことを覚えています。そんな先輩にしても気が付けば、彼の没年

齢を超えてしまいました。彼の亡くなった年をはるかに超えてしまいました。最近、身近にいた敬愛する偉大な宣教師が眠りにつきました。また、1人増えました。でも、こう思うのです。墓地に葬られた多くの方々は私を見守って下さっているのだと。だから1人増えたのは応援団なのだと。別の話の中で父がそばにいて護ってくれていると書いたことがありますが、まさにその事です。今や私の背後には隠れきれないほど多くの守護者が隠れているのです。こりゃあそうそう悪いこともできません（笑）。

　亡くなった人の死を悼んで祈ったり集まったりする行いを追悼と言います。カトリック教会では追悼ミサなどの機会を設けその方の死を悼んだり偲んだりします。あるいは災害などで失われた多くの人のために追悼の意を表すこともします。私のようにいつも一緒にいると思っていると「追悼」というのとは感覚が随分離れますが、逆に特別に追悼の時を設けなくても常に悼んでいるのかもしれません。悼むという感情とも違うのですけどね。復活したイエス・キリストが弟子たちに「私はいつもあなた方とともにいる」と言葉をかけました。すごくしっくりきます。死をもって私たちは別れを余儀なくされますが、これはあくまで肉体的な離別です。体を持っている時は逆に体が邪魔をして会いたい時に会うことが出来ませんでしたが、肉体から解放されたとたんにいつでも会えるのだし、ずっと

114

一緒にいることもできるのです。このことに気づいた時から人生がずっと心強く感じられるようになりました。あの日の使徒たちも随分励まされたことでしょう。大切な人を亡くしてしまうと悲しい時間が訪れます。仕方のないことです。ですが、いつまでも悲しんでいることはありません。だって、その人はいつもあなたと一緒にいてくれるのですから。

49「キラキラは消えない、キラキラは中に入る」

　生き生きと活躍している人を輝いていると言ったりキラキラしていると言ったりします。なんとなく若い人を想像させる言葉ですね。ま、表面的な美しさも手伝ってそんな言い方をするのだとは思いますけどね。生き生きと活躍しているとき。そんな時期、時代。華やかに人目に触れる職業の人にはよく当てはめられるようにも思いますが、人目につくつかないは別として人はみんな輝きをもって生きています。命の輝きとはそういうものだと思います。その輝きが他人の目に留まる人もいれば、奥ゆかしく生きる人もいます。ある友人が「キラキラが失せてしまった」と言ったことがあります。加齢とともに体力も減り輝きが減ったということかもしれません。でも、この言葉はこう続きます。「でも、キラキラは消えてしまったんじゃなくて中に入ったのです」しっくりきました。そうなんです。キラキラが表面に輝きを放つ時期もあるでしょう。で

すが、その時期を過ぎれば今度はキラキラが失われるのではなく内面を輝かせるのです。内面の輝きは心を澄ませ美しくします。「落ち着いた」とか「大人になった」とか「丸くなった」「穏やかになった」人の内面の成長を語る言葉はたくさんあります。内面の輝きとは決して派手ではありませんが美しいものです。晴れた日に太陽光に照らされて輝く葉の一枚一枚にも似ています。イルミネーションで飾らなくてもその木は輝きます。あるいは水面のようです。朝日を浴びてそれはもうキラキラと輝きます。日中落ち着き夕刻にまたキラキラと夕日を迎えます。夜の間はとっぷりと夜空のように静まり返ります。相応しい時、相応しい時期に燦然と外に輝きを放ち、そうではない時には落ち着きます。その美しさは衰えたり失われることはありません。キラキラを内に秘めるのです。地上での一生を終えた魂が星になるという考え方もありますが、そのことにも通じているかもしれません。魅力的に輝きたくて自分磨きを一生懸命にする人もいると思います。でもきっと本当に魅力的な人は「人の評価」のために輝こうと思っていないのだと思います。「愛」を大切にして目の前の人を大事にできる人なのだと思います。結果としてその姿が輝くのでしょう。輝きっぱなしということもなければ消えっぱなしということも、きっとないのです。キラキラが外に出たり中に入ったりするのでしょう。人は生きているだけで、その命が

輝きます。

50「灯りの数だけ夢がある」

　僕の部屋には1メートル×120センチの窓がついています。この窓から見える景色が好きです。特に夜は建物の窓に明かりが点り結構な夜景になります。この窓だけではなく夜景が好きです。夜空の星の数を超えるんじゃないかというぐらい無数の窓明かりが見えます。この明かり一つ一つにドラマがあります。どんな人が住んでいるのかなぁとか興味がある訳でもないのですが、どの窓にもそれぞれ住んでいる人が居て明日を夢見て生きているんだなぁって思うんです。大人かもしれないし子供かもしれないし男なのか女なのか、働いているのか学生なのか引きこもっているのかもしれない。遊んでいる人かもしれない。楽しく生活しているかもしれないし、毎日が辛くて仕方が無いのかもしれない。死んだ方がましだと思って生活しているかもしれない。でも灯りの点っている今夜は生きているのです。ここであの窓は葬儀屋さんだとか言わないようにしてくださいね。自分で話の腰を折ってしまってアレですが、どんなに苦しみに苛まれていて大きな悲しみに包まれていたとしても、あの窓には命が残っているのです。あの灯りは命の輝きと言ってもいいのです。そこに生きる命が星の数よりも沢山輝いているのです。そうやって思うとこの夜景の光は命に漲ってい

るって思えて嬉しくなるのです。力を貰えるのです。窓の内側では喧嘩をしているのかもしれない。平和な部屋ばかりではないのかもしれないね。だとしても一生懸命にもがく命が輝きを放っています。昔、息子が小さかった頃に夜眠る前に話したことがあります。夜の暗闇を怖がって眠りにつけなかった息子に、夜は一日の終わりじゃないんだよって。明日を迎える準備なんだよって。だからよく眠って元気いっぱいに明日を迎えないとねって。太陽は沈むんじゃなくて昇り続けているんだよって。窓から見える無数の灯りには顔も知らない人が住んでいます。そんな知らない人たちが懸命にドラマを生きているのです。贅沢な景色です。

51「発芽」

　いつ、種を蒔かれるのか誰にもわからない。種と言っても畑に蒔くもののことではなくて私たち一人一人の心の畑に蒔かれる種のこと。一人一人違う種が蒔かれるから咲く花もつける実も全然違うのです。親から貰った種は初めから持っています。でもその他に成長する中で出会ういろんな人から、例えば友達だったり先生だったり先輩だったり、逆に後輩など年下の人から貰う事もあります。事柄によっては人からではなく出来事や風景、音楽、絵画、動物から貰う事もあります。もちろん神仏や僧侶や司祭など宗教家の場合もありますね。蒔かれたことに気が付かない事もあって、

芽も出さず、根さえはらない内に干からびてしまったり朽ちてしまう事もあります。残念な事ですが、土と種が合わなかったのでしょう。手入れが行き届かなかったり逆に水を与えすぎてダメになってしまう事もあります。自分で買ってきた苗を枯らしてしまう事もある。

　種がいつ芽を出すのか、それは何十年もたってから思わぬ時に芽を出すことがある。人はそれを奇跡と呼ぶのかもしれない。

　学生時代を共に過ごした大事な友人がいます。私は地元ですが、彼女は（彼女といっても交際していたわけではないよ）地方出身の上に就職の機会に関西に行ってしまいました。当時は現在のように携帯電話やメールが当たり前の環境ではなかったこともあり、年賀状を交わすのがやっとでした。それでも30年以上年賀状が続いたのだから大したものです。学生当時、私は近隣の他大学のサークルに参加していたのですが、そこで知り合いました。

　学生時代の私に影響を与えた司祭がいて、その人がその大学の講師をしており偶然にも彼女がその授業をとっていたために共通の知人と言うわけです。しかも彼女にとって恩師として。近年ひょんなきっかけで彼女と連絡を取ることがありました。当然のことながらサークルや恩師の話題に花が咲きました。近況を語り合い、良かったこと苦労していることなど分かち合い

ました。互いに年ばかりとって成長がままならない
なぁとため息も出ました。私は調子に乗って「気持ち
が低迷している」と愚痴というよりは弱音を漏らしま
した。すると彼女は聞かせてくれました。「当時、先
生があなたにどれほど期待していたか、先生がいかに
あなたのことを大切に思っていたか、学生時代の私が
やきもちを焼いてしまうくらいあなたのことを思って
いたのよ！」と力強く語りました。師は彼女が関西に
移ってまもなく急逝してしまったこともあり、彼女の
中で、この言葉はずっと暖められていたのです。年賀
状を交わす程度の関係なので、私が自信を失いかけて
いること等も知る由もなく伝える機会がなかったとい
うことでしょう。しかし、この言葉は私に大いに力を
与えてくれました。30年を経て聞いたから尚のこと
効果的だったと思います。まるで師が彼女に憑依して
いるのかと思うくらい私の心に迫りました。学生時代
に、直接、師自身の口から聞いていたら、こんなにあ
りがたくは聞けなかったことでしょう。突然の別れか
ら30年を経て人生にくたびれを感じ始めて弱ってい
た心にこそ響きました。本当にありがたいと思いまし
た。そして大いに奮起しました。師の蒔いてくれた種
が芽を出した瞬間です。豊かにたわわに実ることを祈
りながら、日々の出来事に向き合ってゆきたいと思い
ます。

52「発達障害の人が増えている」

　政府は発達障害は、脳機能の発達が関係する障害とし、発達障害がある人は、コミュニケーションや対人関係をつくるのが苦手と伝えています。また、その行動や態度は「自分勝手」とか「変わった人」「困った人」と誤解され、敬遠されることも少なくありませんが、親のしつけや教育の問題ではなく、脳機能の障害によるものだと理解すれば、周囲の人の接し方も変わってくるのではないでしょうか、と訴えています。政府広報のホームページでは、発達障害のある人を理解するために、自閉症、アスペルガー症候群その他の広汎性発達障害、学習障害、注意欠陥多動性障害など、主な発達障害の特徴を紹介しています。なお、発達障害は、複数の障害が重なって現れることもあり、障害の程度や年齢（発達段階）、生活環境などによっても症状は違ってくることを紹介し、発達障害は多様であることに理解を求めています。

　また、メディアでは近年その発達障害を背負った人が増えているとも伝えています。社会全体の多様化を許容する幅が増えたのだとも言えますが、よりイノセント志向が暗に進んでいるのではないかという不安もあります。「障害」と呼んでいる時点で「違うもの」と扱っている訳ですから「主流に対して違うもの」「標準に対して異質なもの」と……わかっています。

今、僕は意図的に辛らつな言い方をしています。障害の要因となる疾病についての研究が進んだ背景もあるのでしょう。また、福祉が進んだこともあり申請すれば補助を得られる背景から隠さず認め、助けを求めやすくなったのだと思います。それはそれで社会が成熟を深めたという側面は素晴らしいことだと思うのです。お母さん方としては安心で子育てがしやすくなったという事実もあります。蛇足ですが、子育てイコール母親という視点が「そもそもアレ」だと思いますけどね。

　ただ、どこまで行っても「差」は埋まらないし、補助を得られない人は「障害」がない人と言い換えることも出来てしまいます。自分の力で頑張ってください。障害を持った人が隠れずに生きられる社会は素晴らしいです。安心してカミングアウトすることが出来て障害を持った人の人数は今後も増えてゆきます。高齢福祉分野の少子高齢化を思い出しました。少ない力で多くの者を支えるという重さ。とは言え共生ということが言われますから発達障害の人にも何かを担っていただくことになりますね。どちらかがどちらかを支えるということではなく共に生きる方法を模索しないとね。社会はそういう方向も意識して発達しないとね。もともと「発達の違い」であって「障害」や「遅れ」なんて存在しないんだからさ。「発達障害」を生み出したり増やしたりしているのは「うちの子、遅れているんじゃないか?」という親の不安感。その原因は「〇歳

の子はこれが出来る」といった「これが標準感」を作り出している環境なのだと思います。別に人と違ってもいいのにね。「障害があっても安心して生きられる社会」もいいのですが、それよりも「障害を意識せずに生きられる社会」に向かった方が断然いいと思うんだけどな。

53「分刻みは止めた方がいいよ」

「寸分たがわず」、図面通りに仕事が成功した時にこんな言い方をします。主にモノ作りで見事な模倣や再現が出来た時にこんな言い方をします。計画通りに完成することは凄いことだなあって思います。満足度も高いことでしょう。材料と自分の技術だけで完成するモノに関しては割と結果が出しやすいような気がします。計画ということで考えるとモノに限らず幅が広がります。一日の行動にも当てはめることが出来ます。多忙を極める人のスケジュールは分刻みで計画されます。わずかな期間でしたが、何を隠そう僕にもそんな時期がありました。売れっ子のタレントさんや政治家の人、ニーズが爆発した事業者さんなんかそんな感じなんだろうと思います。忙しいことは充実という面から考えると素晴らしいことなんだろうと思います。体や心を壊さないといいなぁって心配です。それぞれの価値と生き方の問題でもありますから僕はとやかく言いませんが分刻みはやめた方がいいよって思います。

いや、電車のダイヤとか時刻をはっきり決めないと
困ってしまう事柄もありますよ。授業とか仕事とかね。
例えば人と会う約束なんかも相手によってはシビアで
すが相手によっては緩むことがあります。仕事の関係
で会う人との約束は10分前に待ち合わせ場所に行く
が、家族や友達との約束の場合、平気で遅れてくる人
もいます。遅れ方にもよりますが数分の事ならそんな
に目くじらを立てることもないと思います。遅れると
いうことが、そもそも時間を決めることから起こるこ
とのようにも思います。お互いの時間は大切ですから、
無駄に使わないように時間にシビアになるのは当たり
前のことですが、あまりきちきちだと息が詰まらない
かなあって思うのです。〇時頃って約束すれば余裕を
持つことが出来ないですか？　〇時15分って決めて
しまうと16分は遅刻です。15分頃と約束すれば遅刻
じゃないです。この差は大きいと思います。このわず
かな違いが寛大さを物語ります。海外で時間どおりに
運行しない列車の話を聞いたことがあります。国民性
にも大きく関わることなので尚の事、おおらかでいい
なあって思います。物流が当てにならないのは腹の立
つ場面もありますが、届いたんだからいいじゃんって
思うことのできる反面もあります。この荷物を運んで
雪山を越えたおじさんの苦労を思えば「遅いぞ！」っ
て怒れないと思うんです。毎日仕事で留守にするから
荷物を受け取ること自体が大変なことも解ります。指

定した時間に届かないと影響が出ますからね。でも、どうですか。初めから緩く生活の計画を立ててみては？　あ、自分に厳しくして頂く分には、どうぞご自由にです。けれど自分の生活に関わって支えてくれる環境に対しては今よりおおらかに寛大に度量を開いてみては。

54 「聞こえない」

　お母さん、ちょっと！　聞いてるの!?　同じこと何回言わせるのよ……なんてドラマで見たことのありそうな嫁姑の骨肉の争いを象徴するかのようなセリフです。現実世界でも嫁姑の争いは割と耳にする話です。もっともこの数年は認知症への理解や事件につながるケースの報道に対する反応もあり、姑側も若い嫁に対して柔軟になってきていると思います。体育会系部活の先輩のしごきや教育現場での体罰の減少と同じような動きかもしれません。まぁ、争いが減ること自体はとてもいいことですね。評判を気にしてとか罰則を恐れてということではなく、互いを理解していれば尚いいのですが。さて、今回は女親子に絞ってお話を進めます。「ちょっと聞いてるの」お嫁さん待ってね。お義母さんは聞いていないんじゃなくて聞こえていない可能性を考えて。人間の聴覚は高音域から衰えてゆくことが解っています。息子の言うことは聞くのにお嫁さんの言ってることは聞かない。娘とは喧嘩が絶えな

いのに婿とは仲良し。必ずそうだとは言いませんが大
抵の男性は声が低く女性は声が高いです。ここに秘密
があるのです。音域の高い女性の声や言葉は耳を通り
にくいのです。対して男性の低い音域の声は心に響き
やすいのです。嫁や娘は何を言っているのかがよく解
らないからどう答えていいのか判らなくて、もじもじ
していると嫁や娘がイライラして怒られる。婿や息子
の声はやさしく響きますからありがた感が増して親切
にもしたくなる。そこにさらに娘や嫁の嫉妬がストレ
スに拍車をかけ「ちょっと‼　お母さん!」が激化
してしまう。息子がお母さんの認知症や衰えを認めた
がらないのも、感情的な要因もさることながら実感と
して捉え方の程度が違うからだと思います。娘や嫁ほ
どコミュニケーションに不具合を感じていないからで
す。「お母さん、大丈夫かなぁ」と感じ始めるタイミ
ングが違って当たり前なのです。息子や婿が感じ始め
る時には実際に状況が悪化してからなのです。場合に
よっては抜き差しならない重篤な状態になってから初
めて「おふくろ、大丈夫かなぁ」と感じるのです。そ
こから脳内で急展開して対策を考えますから女性から
見ると極端な判断をしているように感じるのでしょう。
もっとも経済の安定した家庭であればお嫁さんは家庭
を支え、夫は会社で働くために接する時間が全然違う
という背景もありますから「男は解っていない、息子
はだめねぇ」と心無いケアマネジャーに酷評されてし

126

まったりします。以前に発語を扱って書いたことがあります。話せないんじゃなくて話さないという生き方もあるということを指摘しました。今度はその逆の感覚です。「聞いていないんじゃなくて聞こえていない」可能性もあるのだということ。自分の言っていることを理解させることに力を注ぐのであれば、相手の状態を理解することに同じように力を注いでみてはいかがでしょう。

55「変わらない日常」

　変わらない日常……というか、変わらないから日常というのか。常な日、常な日々。いつも通り。いつもの様子を日常的と言いますね。代わり映えしない。マンネリ。だけれど、変わらないということは刺激は少ないけれど安定しているとも言えます。これは恵まれたことではないだろうか？　うすうす感づいている人も多いと思いますが、人間というのは変化に弱い生き物なのです。勿論順応する力もありますから変化できないということではありません。環境や自身の変化に合わせて生き方を変えることもできます。が、弱い。勿論変化を望む人もいます。きっと現状に満足できないからでしょう。このままでいいのか？と常に心に叫ぶ人もいます。成長という意味での変化を求め続ける人は立派だと思います。目覚ましをかけていますが大抵はアラームが鳴りだす前に目が覚めます。5分、10

127

分の話ではなく1時間程度早いです。なので夢の2度寝をします。2度寝し過ぎないために仕掛けている目覚ましではないのですが結果として、そんな働きをしています。仕事に出かける時間の3時間程度前に起きます。起きると朝食の準備をします。大抵はパンを焼きます。心に余裕があればラーメンを作ることもあります。起き抜けの10分間はTVの決まったチャンネルで天気予報に続いて星占いを見ます。その時間にニュースを拾います。ひどい事件が起きたなぁ、これから世の中はどうなるんだろうか？　政府はこのままでいいのか……いろんな出来事に感情が動きます。食事の準備が整うとDVDに切り替えます。過去に録画したドラマや映画、購入したメディアなどを繰り返して観ます。中には一度見たっきりで飾ってあるものもありますが気に入った作品は何度も見ます。とっくに元は取っていると思います。2時間ほど楽しむと徐々に時計をチラ見しながらの鑑賞になります。出発の30分前を目安に着替えを始めます。余裕をもって出発します。職場までは自動車で15分から20分かかります。コンビニエンスストアに寄ることもあります。仕事の流れは毎日それほど変わりません。夕方、仕事が無事に終わると帰路につきます。このタイミングで妻に電話を掛けます。帰るコールです。家にある食べ物や生活雑貨を思いめぐらし、必要があれば買い物に寄りますが大抵はまっすぐ帰ります。あまり寄り道は

しません。家に着くと着ていたものを脱いで洗濯機に投入します。洗濯機が一杯ならこの時に洗濯を始めます。翌日が休日ならば無理に洗わず翌日に回します。洗濯機を回しながら夕飯を準備します。この時間にTVをつけるとバラエティ番組が流れます。見るともなしに観ながら炊事と洗濯に体を動かします。食事の準備が整うとやはりDVDタイムです。これが僕の日常です。時々退屈だなぁって、誰々に会いたいなぁとか思う事もありますが、急には人に会えないので窓の外の夜景を眺めるだとか、スクーターで一回り走るなどして気分転換をします。夜景は僕を癒してくれます。それでも気分が落ち着かない時はウイスキーに頼ります。3フィンガーをグラスに注ぎ、一口を含みごくりと飲み込みます。フゥと息が漏れます。もう少し若い頃にはやるせない感情に支配されることも多かったのですが、近頃は幸福感が幅を利かせてくれます。だからと言っていつもいいことばかりとか、そんなことはないのですよ。嫌な思いを抱えることも割といつものことです。日常との付き合い方が解ってきたということかもしれません。日常があるということはしかし恵まれたことなのです。

56「返信不要と問答無用」

　返信不要です。という言葉でメールの最後を締めることがありますよね。勤勉で義理堅い気質の多くの日

本人はお辞儀をされたらお辞儀を返すし、挨拶されたならば挨拶を返すし、何しろされっぱなしがどうにも我慢できない性格を持っているので、メールのやり取りでも相手から貰ったメールはどんな些細なものでも最後は自分の方から「了解しました、それではお元気で」など返します。そこからどちらかというと意味の薄いラリーが続いてしまいがちです。コミュニケーションを深めることには大いに効能があると思いますが、先方への配慮として「返信不要です」と締めくくる方法があります。これは「要件が確認できれば、お気持ちは受け止めていますからご挨拶などは結構ですよ。私などのために割く時間と労力を大切になさってください」ということなのです。実に配慮に満ちていることだと思います。ところが昨今、どうやらこの使い方をよく知らずに使っている人が、それほど大勢ではありませんが混ざっているようです。どんな使い方をしているかというと先方に対して言いたいことだけをぶつけて「返信不要」と締めくくるのです。これってつまり「問答無用」ということですよね。問答無用というのは異議や質問を受け付けませんという態度です。時代劇などで事情を話さず問答無用と言って相手を切りつけるお侍さんを見たことがあります。ま、武士の場合は多くを語らずという生き方があるのでしょうし、使い方を見ていると「言い訳は聞かない」的なニュアンスがあるので、切られる方も大体の察しがつ

いていることも多いようなのです。だからと言って釈明の機会も与えられず切られてしまうのも苦しいところではありますが、社会通念が違うのでお侍さんの話はこのぐらいにします。

　現代人は刀を振り回すことはなく、至って平和に関わることが出来るようになりました。故に言葉が中心の関わりで社会が成熟してきています。にも拘らずその言葉を正確に使えないまま様々なやり取りが展開してしまう結果「おやおや」ということが起きてくるのだと思います。配慮のために編み出された言葉を巧みに使って、自分の言いたいことだけを言って相手に反論をさせないというのはいかにも卑怯なことのように思います。返信不要と問答無用では文字数と語呂は似ていますが全然意味が違います。知っててそうしているならば本当に卑怯です。知らずにそうしているならば愚かなことです。いずれにしても一度言葉と心を勉強なさった方が良いように思います。この言葉に限らず間違った使い方をするほとんどの人が知らないまま使っているのだとは思いますが、言葉というのはその意味も価値も受け止める側が決めることになりますから、発する側はよほど気を遣わないと本当に思っていることは伝わらないようですから、誤解を招かないようにしないとね。

　……返信不要です。（＊´艸｀）

57 「忘れられない場所、景色、人」

　走馬灯のように思い出が巡る、という言い方があります。死を目前にした人の心に人生のあらゆる場面が駆け巡る状態のことを言うのです。臨死体験をした人の話が根拠なのかどうかはよく解らないけど、なんとなくそうなのかもねと思う。どんな人にだって、心に深く刻まれた場所がある。大好きな人がいる。ずっと聞いていても飽きない声がある。うん、飽きないというよりずっと聴いていたい声と言った方がいいかな。それはアーチストの歌声ということもあるかもしれない。けれど、どちらかというと愛した人の声と考えた方がいいのかもしれない。

　見慣れた生活の場なのか、たまにしか行けないけど気に入っている旅行先なのか、実際には一度もその場に行ってみたことはないけれど、写真や映像で虜になってしまった風景なのかもしれない。旅行雑誌などで紹介される写真やSNSに投稿された写真などで心を動かされて「行ってみたいなぁ」と惹かれることはある。だけれど、死が目前に迫った状況で駆け巡るだろうか？　心残り的に浮かぶのかもしれない。何しろ死について考えることは何度もあるけれど臨死体験は未だ経験がないので、なんとも言えない。どういう経緯で焼き付いたかは判らない。だけれど心に深く刻まれた忘れられない景色があるのは確かなことだと思う。

それは誰にでも。

　何年生の時の事か忘れてしまったけれど父と旅をしたことがあります。「したことがある」というと珍しいことのように聞こえるかもしれませんが、父と僕は、ちょくちょく旅をしました。父は書いたり話をしたりという仕事だったので取材や研究のために旅をすることがありました。僕はそんな父のお供でいろんなところに連れて行ってもらいました。もっとも国内ばかりでしたが。遊びに行ったり美味しいものを食べに行ったわけではないので一般的な親子旅とは少し違うのかもしれませんが、楽しい思い出として記憶に残っています。いや、楽しいというと少し違うな。満足度の高い旅といった方がいいかもしれない。父は旅先で観るものをことごとく解説してくれました。場合によっては社教センターから依頼を受けたバス旅行の準備ということもありました。最近の感覚だと「しゃきょう」と聞くと社会福祉協議会の略語「社協」をイメージする方が多いと思います。ですが、僕の少年時代には「しゃきょう」が表す言葉は「社会教育センター」を表していました。社教のプログラムの中に、例えば「仏像を巡る旅」だったり「絵画に学ぶ中世ヨーロッパ」などといった塩梅で、大人の受講者によるツアーが計画されました。そういったツアーの案内役を依頼されることが多かったようです。そんなツアーの下見旅行の機会だった時は、父による解説付きでした。こ

れがまた長い。(o^—^o) ニコ

　ま、今にして思うと贅沢な旅行ですけどね。なので、どちらかというと都会よりは田舎を旅することが多かったです。僕自身は子供が小さかった頃には、よく横浜に旅行をしました。山下公園を夕日が包む風景や元町の雑踏。港の見える丘公園から見渡す風景。道中の窓から見える富士。こんな景色を見たくなる時があった。父が見せてくれた景色とは全然違いますけどね。でもきっと僕の奥底には父の見せてくれた景色が刻まれているのだと思います。だからきっと走馬灯が駆け巡る時に記憶に蘇るのかもしれない。そうやって考えると不安で仕方のない死もその点だけは何だかわくわくします。人生の最後の瞬間に心に浮かぶ風景です。

58「ぼくの好きな先生」

　RCサクセションの名曲「ぼくの好きな先生」という曲をご存じですか？　ご存じでなければ、一度ググってみてください。できれば本人歌唱の音源を探して聴いてみてください。この曲で歌われている"先生"は教師なのですが、これがまた型破りなおじさんなんですが、こういう先生が必要なのです。勿論、こういう先生ばっかりじゃあだめですけどね。知らない人にとっては曲のネタバレになってしまいますが、ご容赦ください。現在の教育現場で校内でたばこを吸う

先生なんて考えられないとは思いますが僕らの少年時代にはまだいました。ジャージにサンダル。放課（休憩時間）には職員室でたばこをくわえて生徒に指導する教師がいました。それが良かったのかというと、不味いことが多かったとは思いますが先生らしくない先生にしか見えない生徒の心ってあるんです。この歌に出てくる先生は美術の先生でなるべく職員室を避けて美術室に居たんだろうなって情景が目に浮かびます。職員室では仲間に恵まれないのか得意になって模範的な教育論を振りかざす若い教師に嫌気がさすのか息苦しいんでしょう。先生だって逃げ場が欲しいだろうな。先生らしくない先生だから人間の姿を伝えることが出来るのだと思う。そう、教えるのではなく伝えるのです。生徒もこの先生には会いたいけど他の先生には会いたくなかったりとかの事情があって、職員室には行きたくないけど美術室には安心して訪ねて行ける。担任の先生にはなつかないけど部活の顧問には心を開くことが出来るとかの関係って珍しくなかった。保健室の養護教諭がその役目を担うことは多かったですが、保健室にはベッドが二つしか無くてすぐに満床になってしまう。美術室や図書準備室はその点で保健室ほど人気が高くなくてマイノリティには格好の居場所なのだ。こういう場所や先生を見つけ出すことが出来る生徒は幸せですね。それさえも見つけられないと本当に孤独で命を絶つことにまで考えが至ってしまうのかも

しれない。教育や教育現場を正常化して教師の質を高めることやセーフティーネットを広げることは大切です。ですが同時にこう言ったアウトローな文化を何気なく守る工夫も大切です。何気なくが味噌ですよ。フォーマル、インフォーマル、言うならばアウトフォーマル。これは型にはめてはいけないからです。あくまで逃げ場ですから光をあてちゃダメなんです。ぼくの好きなおじさんは目立たないから好きなんです。

59 「本人のニーズ次第で障害程度が変わる」

　ニーズ、本人の望むこと。要望、希望。オーダーの根拠ですよね。高齢者介護や障害者支援にはプランつまり計画ありきで様々なサービスが展開されるわけですが、そもそもプランはどのように作られるのでしょうか。デイサービスや訪問系のサービス事業者の都合で作られるのでしょうか。あるいはケアマネさんや支援相談専門員さんの都合で決められるのでしょうか。当然ですが否です。プランの根拠は本人がどう感じているか、現状をどのように変えてゆきたいのか、といったことを軸に組み立てられます。そのことを如実に意識するための取り組みとして昨今は支援相談専門員を養成する際、プランの元となるアセスメントの段階でニーズを抽出するために「私は……」と本人の目線で書き出すように教えています。本人を見た支援者の主観でニーズを組み立てないためです。介護保険の

分野では、その点をどのように扱っているかは確認が必要ですが、障害者の分野では価値観を見失わないように、そのような配慮がなされています。本人がどこまで気持ちを伝えることが出来るのかということにもかかわっているとは思いますが、ナーバスな材料を集めても社会は進んでゆきませんから、これは良い取り組みだと感じます。本人そっちのけで周りの都合で組み立てられたプランには意味がありませんからね。さて、その本人の気持ちですが人間ですから当然変わってゆきます。たとえば足の怪我で寝たきりの生活を送っている人にとって「出かけたい」という希望があれば、歩けない足は障害が重篤でリハビリや補助具による移動の手段を講じなければいけませんが、「ベッドから離れるのは最低限でいいよ。映画や音楽を楽しんで生活したい」ということを希望した場合は足の障害はそれほど問題になりません。つまり本人のニーズによって障害の程度は変わってくるのです。足の曲がり方がこの程度だからこの補助具が必要で、リハビリが必要だからデイサービスに行って訓練しなきゃ……という話ではないということです。確かに本人の体の状態だけに焦点を当てれば良く出来たプランということになるのでしょうが、本人が思い描く生活や将来に主眼を置いた場合、それは大きく姿を変えます。「私は……」で始まるニーズの要約にはそういった大きな意味があります。本人を客観的に評価してサービスを

組み立てるやり方では本人が満足できないのは言うまでもありません。支援者の目線で「この人は……」で書き出すニーズの主役は本人ではありません。リハビリが人生の目的ではないのです。確かにリハビリの向こう側に将来の生活が待っていることは紛れもない事実ですから、以前はそれを中心に設計されることが多くありましたが、現実にはリハビリだけで生涯を終える方も少なくありませんでした。街の中の段差を越えるのもリハビリによって本人に力をつけて段差を越えるという考え方が主流でしたが、「スロープ付ければいいじゃん」「段差削ったらいいじゃん」と環境を整えることに目が向いてきたのです。このことは劇的な社会の変化です。認定調査の結果だけではなく本人のニーズ次第で障害の程度は変わるのです。

60「未来の時間、過去の時間」

　皆さんも経験があると思います。旅行にしても出張にしても行きの道のりが長く感じるけれど帰り道は早く感じる感覚。そうなんです、感覚の問題です。時計で時間を計ると電車や車のスピードが変わらなければかかる時間は変わらないのです。にも拘らず車窓を眺めていると「もうこんなところまで帰ってきた」なんて思うことがあります。これについては解明されている話として、人間は経験のないことに関してはその緊張感も手伝って時間を長く感じる。逆に既に経験して

いる事柄については時間の流れを早く感じるのだそうです。言い方は古いですが「そういうもの」のようです。さて、今日の話はその事だけではなく「未来の時間は長く過去の時間は短い」件です。自分の足元を起点として先の時間はうんと長いのに過ぎた時間はあっという間だということ。本当は長さは変わらないのにそう感じるのです。子供の頃にはうんと先の事のように思っていたのに気が付けば半世紀を生きてしまいました。そうかと思えば、いつまでも続いてしまうのかと不安を感じるほど嫌な時間も過ぎてしまえばあっという間だったことなど、早く過ぎたことが残念なこともあれば、それで良かったこともあります。もう一つの感覚として楽しい時間はあっという間、辛い時間は長く感じるという事実もあるようです。嫌だなぁと思う時間は特に長く続くような不安が大きいのです。ですが結果として時間は刻一刻一定に過ぎていきますから、止まない雨はないという具合に必ず終わりの時を迎えます。喜びに満ちた日々は足早に駆け抜け、苦悩に満ちた日々は長く居座ります。こうして考えると時間の流れの速度を感じる要素には二つの軸があるようです。一つは過去と未来の軸、もう一つは感情の状態の軸。自分が今どの座標にいるかで感じ方が変わってくるという具合に整理できます。待ち遠しいという言葉は楽しみな事柄がなかなかやってこない時に使います。喜びの要素で早く感じる時間ですが、自分より未

来にあるために到達するまでの時間を長く感じるという訳です。光陰矢の如しという言葉は、光と影つまり昼と夜、これは一日を表しますがその積み重ねの日々、光陰という時は日々と読み解くと良いでしょう。日々は矢のように過ぎて行くという言葉です。だから今という時を大切に悔い無く人生を刻みましょうという意味です。目の前に横たわる時間は途方もない塊のように思えますが、あっという間に過去に過ぎ去ります。感じ方は別として一歩ごとに未来は過去に姿を変えてゆきます。そして最後の1頁を迎えた時に呟くのでしょう。「人生というのは短いものだ」と。

61「未来は輝くよ」

　早起きは三文の得なんていう言葉もあるぐらいで、私たちは生活に余裕を持たせたいならば早起きをした方がいいようです。生活に余裕と言ってもお金のことではなく心のことが大きいです。中にはその心の余裕を仕事につぎ込んで経済を豊かにする能力の高い方もいるので「三文の得」というのでしょう。それも一理ありますね。ただお金になるから早起きしようということではないのです。そこは要注意ですね。夕焼けを目にする機会は多いですが朝焼けを見ようとすると意識的に早く起きないと難しいですよね。夕焼けは一日の終わりに訪れますから一日の労働で疲れた心身をほぐして癒す力があります。太陽の恵みの一つですね。

この太陽の力を朝に頂くのが早起きして眺める朝焼けなのだと思います。圧倒的に人気が高いのは年が改まった元日の日の出、つまり初日の出です。朝焼けということになると日の出より少し後で充分なのですが、初日の出を眺めようと多くの人が寒さを我慢して待機する風習と文化があるのも確かなことです。初日の出を見ようと徹夜に挑んで結局耐えられずに眠ってしまって見逃したという話も多く耳にするあるあるエピソードです。面白いもので太陽はずっと輝き続けています。地球がその周りをくるくると細かい回転を繰り返しながら外周しています。そのくるくると細かい回転の都度夕焼けと朝焼けを見ているのです。そして年に一度初日の出を見ます。太陽が出入りしているように言いますが、本当は自分が回っているのです。日が昇る、沈むと言いますがそうではないのです。沈んだ太陽が昇ってくるのではなく私たちがでんぐり返っているのです。天井はずっとそこにあります。以前別の話でも表現したことがあったかもしれませんが、夕日は沈んでいるのではなく翌日に向かって昇っているのです。そう、敢えて沈む昇るで言えば昇り続けているのです。常に輝きながら昇り続けています。僕らの未来に向かって常に輝き昇り続けます。自分がその輝きに気づけるかどうかが大きな境目なんだと思います。お先真っ暗なんて絶望することもあるでしょう。でも気が付いてください。今は自分が太陽を見失っている

のです。太陽はいつも輝いて僕らを照らしています。
自分のせいばかりではありませんが何かの事情で太陽
を見失っているのは僕らの方なんです。夢や希望が無
くなっているのではなく自分が見失ってしまっている
のです。大丈夫、一晩寝てちょっと早めに起きましょ
う。再び輝く未来に出合えます。

62「名前は自分では付けない」

　僕の名前は飛鳥といいます。新内でもって飛鳥です
から本名ですか？と聞かれることもあります。本名で
すよ。免許証をお見せしてもいいです。この名は父が
付けてくれた名前で、100％の確率でいい名前だと
言ってもらえるので有り難いことだと思っています。
父に感謝しています。父は兄にも名を付けました。兄
には二人の子があり、その子らの名は兄が母の意見を
聞き入れて名付けました。僕にも二人の子がいます。
この子らの名は父に助言を貰いながら僕が付けました。
名付け親という言葉があって親の代わりに名を付ける
人のことを言います。親が付けるにしろ名付け親が付
けるにしろ名を付けるのは本人ではありません。当た
り前だと言われるかもしれませんが、本当の事です。
勿論源氏名やペンネームなどは自分で考えるでしょう
が、本名を本人が付けることはありません。名前を付
けるという行いは崇高で尊いことだと思います。よほ
どのことがない限りその名は生涯にわたり使います。

一生使う名前には深い思いが込められます。そう、意味とか理由だけではなく思いが込められているのです。それはそれは深い愛情です。最近の子供はキラキラネームと呼ばれるジャンルが発達してきました。ワープロに入力してもかなりの確率で変換されません。単漢字で組み合わせて書くことが多いです。病院の電子カルテなどでは手書きパッドで呼び出さないと出てこない字もあります。初診の登録などで急ぐときなどは少しワタワタしてしまったりします。この名前を付けた親御さんはどんな思いで名付けたのかなぁ……中には時代を象徴する流行の名前ということもあるでしょうが、多くの場合、響き、文字の印象、願いを込めて、よ～く考えると思います。さらに画数などにも意識を傾ける方もいるでしょう。あまりキラキラだと成長する過程で本人が当惑するであろうハイレベルのキラキラもありますね。だとしてもきっとお母さんやお父さんは深い愛情と強い願いを込めてその名を考えました。大切にしてあげてほしいと思います。また名前には力があります。本人が直接交渉の場に出てこれなくても「名代」として、その人をよく知る人が代理で現れることがあります。その名のごとく「名代」です。名前に力があるからその名前を届けることに意味があるのです。「名前だしていいよ」なんて言い方をすることもあります。手紙の最後に署名をします。そのことで手紙は力を持ちます。契約書の署名やカード決済で暗

証番号の代わりに署名をします。これも名前の持つ力です。その人の信用を名前が肩代わりするのです。仏陀やキリストのように人々の心に希望や癒しを与える名前もあります。何か困難なことに当たる時に思い浮かべる人はいませんか？　〇〇さんのために頑張ろうとか思う時はありませんか？　〇〇さんの笑顔が見たいから頑張れる時はありませんか？　その人の名を見つけるだけで嬉しくなってしまった経験はありませんか？　歴史に名を残すということがあります。私たちの学んだ歴史にも多くの人の名が登場します。その人の行いの良し悪しに関わらず悪名高きなんて言いながらでも、本人はとっくの昔にいないのに名前だけが残っていたりします。これも名前の持つ力ですね。独り歩きする力もあるようです。名前が珍しいから残る訳ではないのです。その人の生き方で残るんですね。私なんて平凡な名前だからと嘆く方を時々見かけますが、その名を輝かせるのはあなたですよ。あなた自身がその名を大切にしなくてどうしますか？　大切にしてくださいね。その名を付けた人の込めた愛の深さに思いを馳せてみてください。

63「僕らは失敗するからいいんだよ」

　間違いや失敗はしたくないですよね。仕事でもプライベートでも。いい大人なのにそれが原因で叱られたり、悪口言われたりするのも何だか情けない気持ちに

144

なってしまいます。咎められなければ、それはそれで周りの人の配慮だと感じながらも、なお孤独感に襲われるかもしれませんね。周りの人の反応もさることながら、そもそも失敗や間違いをしたくないですよね。叱られるからとか悪口を言われるから嫌な訳ではなくて、そもそも間違いや失敗は避けたいです。それでも、人間ですから間違いや失敗を繰り返しながら生きています。……ふと考えたことなのですが、僕らは失敗するからいいのかもしれない。僕らは間違えるからいいのかもしれない。人間らしいとか、そういうことだけじゃなくて、僕らは間違えた人や失敗した人を放っておけないよね。「大丈夫?」「元気出して」「僕にできることはない?」とか、何か「力になりたい」という心が芽生えることはないですか? それは、それが愛ですよね。僕らは、AIのように誰一人間違いもせず失敗しなかったら、関わりが減ってしまうかもしれない。AIだって誤作動や故障もあるでしょう。でも、僕ら人間はAIのように技術者の修理や調整を待つことなく、お互いに助け合うことが出来る。勿論、間違いや失敗はしないに越したことはないのだし、間違いや失敗を奨励しているわけではありません。しかしながら、失敗は成功の基なんていう言葉もあるぐらいで、失敗することによって学んだり大きく前進したりすることがあるのも確かなことです。失敗の経験が次の失敗を防ぐ効果もあります。そうは言いながら同じ失敗

や間違いを繰り返してしまったり連鎖してしまったりすることがあることも、また事実です。

　しないに越したことのない間違いや失敗ですが、防げないことがあります。でも、慌てないで。しょうがないじゃん。間違えちゃったんだから。失敗しちゃったんだから。一人で抱え込んで自分を責めたりしないで。「助けて」って周りの人に頼ればいいよ。間違いや失敗は助け合う心を呼び覚まします。「力になりたい」心を引き出します。

　だから、僕らは間違えるからいいのです。

　だから、僕らは失敗するからいいのです。

　だけど、僕らはなるべく間違いや失敗をしたくないです。(:^_^A

64「命は水から」

　子供の頃、実家に顕微鏡がありました。学校の理科室にもありました。夢中になるほどではありませんでしたが時々は覗いていろんなものを拡大して眺めていました。池や川の水を見て微生物など動くものが映った時は興奮しました。聖書を読むと人間は初めから人間として神様に創ってもらったと書かれていますが、社会はダーウィンの進化論を支持しています。ここでそれを議論しましょうとはこれっぽっちも思いませんのであしからず。図鑑などで矢印になぞらえて生物が描かれている挿絵を見ることもあります。また水族館

の廊下などに壁画として描かれているものもあります。微生物が徐々に魚の姿になり魚のひれが足になり陸に上がって4つ足の動物から2足歩行の類人猿、そして人へと……ルーツになる生き物が一つなのかは謎ですが「ほ〜〜〜〜〜ん」と感激します。神様も割と早い段階で陸と海を作りました。命が水からというのは、何だかしっくりします。命の根源は偶然の化学変化なのか神の意志によるものなのかは将来的にも大いに議論が重ねられ、そして答えは出ないのだろうと思いますが、陸に生きている者も空を羽ばたく者も海原を悠然と横切る海獣なども、元は小さな小さな命の始まりだったということは非常にドラマチックですね。命そのものが水から起こっている、だから私たちも生きる上で水が必要だというのも大いに頷けます。一日に1〜 2Lは水分を摂りましょうと言います。僕とカラスは全然姿が違います。ゴールデンレトリーバーとも全然違います。カマキリ虫と蛸も全く違う姿です。魚にはえらがあるけど翼はありません。全く違う姿だけど皆、地球上で日々を懸命に生きています。与えられた姿と機能を使って精一杯生きています。このことは奇跡だと思います。命を生み出したものは水、生き物の成分の多くは水、命を維持するものも水、水は大切ですね。かつて工場から垂れ流された汚染物質が多くの命を奪いましたね。水の底に沈めてしまえば隠せると思っていろんなものが捨てられましたね。勿論海に沈

んでいるものは悪いものばかりではなく夢を乗せた船
だったり、国を護るために命をかけた勇者だったり本
当に様々なものが沈んでいます。誰にも知られること
なくひっそりと息絶えたクジラもいるでしょう。そう
して考えると命は水から生まれて水に還ってゆくのか
もしれません。

65「夜の風景」

　夜の風景、つまり夜景の事です。寒い季節やまと
まって雨の降った後は空気が澄んでいていつもより夜
景がきれいに見えます。街の灯り、港の灯り、工場群
の灯り、大きな道路の光の帯、そして空に広がる星の
群れ。様々な色や形の光に彩られて一つの風景が仕上
がります。暗闇は不安を誘いますが、光は闇があるか
ら輝きを増すことも、また事実です。夜のバルコニー
に出ると窓から眺めるのとはまた違う風情があります。
自分自身も夜景の中に溶け込みます。夜間も入場でき
る展望台のある公園なんか、もう堪らないですね。バ
ルコニーは建物の一部分なので夜景を眺めても自分の
背中は建物ですが、公園の展望台はぐるりパノラマが
全て夜景です。勿論すべての公園がそうだとは言いま
せん。

　夜景を眺めていると美しさに魅了されることもあり
ますが昼間には見えない世界が広がっていてドラマ
チックです。人間が作り上げた技術に敬意を感じます。

夜景こそは人類の創造物です。自然の美しさとは方向性と感動する視点が全然違いますが、やはりそこに凄さがあります。夜の風景はその闇が余分なものを隠して輝きだけを見せてくれます。だからと言って、都合の悪いものを見なくて済むとか、そういうことではないですよ。夜景を眺めていると一日の疲れが癒されるのを感じます。贅沢な時間を持てるなら夕焼けから夜景に変わる姿を眺めたいようにも思いますが、きっと根気が続かないだろうな。(;^ω^)

　しかし夜景も翌日が仕事の日と休みの日ではまた癒し効果が変わってくるように思います。自分の問題だということは解っていますけどね。戦国時代の天守閣からは夜景なんて楽しめなかったんだろうな。昼間であれば見通しが利いてよかったんだと思うけど、当時の夜は城下町の灯篭ぐらいのことで現代の夜景とは比べるものでもなかったことでしょう。現存する天守閣からの夜景を楽しんでみたいと思いますが、大抵の天守閣は夜間に観覧が出来ませんから、そこからの夜景はレアなんだろうな。きっと公園を管理する団体の職員さんぐらいしか味わうことのない絶景なんだろうな。さておき、昼間と同じ景色が夜になると表情を変えるのは、とてもワクワクします。天気のいい昼間に遠くが見通せるのも世界の広さを感じて雄大な気持ちになれます。日が暮れて闇が辺りを包むころには街の灯りや道の光、諸々の光が溢れてきます。人々の暮らしが

輝くのです。光の数だけ、そこに息遣いがある。命が輝いているのです。そこに感動があるのです。昼間の風景で見える人の姿は実際に動いている姿が見えます。夜の風景に溶け込んだ人々の命は輝きでその息吹を伝えるのです。夜景の正体はそこに暮らす人々の命の輝きです。だから、癒されるのです。だから感動を貰うのです。だから明日への活力を貰うのです。

　夜景っていいなぁ。

66 「忖度自体は悪いことじゃない」

　忖度という言葉が世間を賑わせたのももうひと昔前になる。2017年2月に表面化した学校法人森友学園への国有地格安売却問題（森友学園問題）をめぐって、同年3月23日、同学園の籠池康博理事長が証人喚問ののちに日本外国特派員協会で行った記者会見で、「口利きはしていない。忖度をしたということでしょう」「今度は逆の忖度をしているということでしょう」と発言したことがきっかけ。これにより、この言葉は同問題に関する報道で多用されるようになり、検索数も急上昇したといいます。その後、引き続いて表面化した加計学園問題の報道でも用いられる。その年の新語・流行語大賞の年間大賞にも選ばれた。私たちの日常生活の中でも何かと忖度という言葉を使いたがる人が多くいましたね。流行語としての忖度には若干否定的なニュアンスが含まれているのだが、そもそも忖度

とはというところで紐解いてみると「他人の心情を推し量ること、また、推し量って相手に配慮することである」という事なのだからむしろ美しい言葉なのだ。本当は。しかし「立身出世や自己保身等の心理から、上司等、立場が上の人間の心情を汲み取り、ここに本人が自己の行為に『公正さ』を欠いていることを自覚して行動すること」の意味で使用されることが一般的になってきている。「忖」「度」いずれの文字も「はかる」の意味を含むのだから「慮る」ことが語彙の中心なのだ。

　辞典編集者の神永曉氏によると、そもそも「忖度」という言葉は、すでに中国の古典『詩経』に使用されており、平安時代の『菅家後集』などにも存在が確認されているらしい。明治期にも使用例があるが、しかし、この頃には、単に人の心を推測するという程度の意味しかなく、相手に気を配って何か行動するという意味合いはなかったという。ますますシンプルな印象を受ける。

　毎日新聞の記事によれば、1990年代には「忖度」という言葉は、脳死や臓器移植といった文脈でしばしば用いられていたが、この際もやはり患者の生前の意志を推量するというもともとの意味で使用されていた。ところが、1997年夏の時点になると、毎日新聞の記事においても、小沢チルドレンが小沢一郎氏の意向を「忖度」するというような記述が見つかり、上位者の

意向を推し量る意味合いでの「忖度」の用例が見つかった。政治家に「忖度」という言葉が初めて使われた事例でもあるらしい。日本語学者の飯間浩明も、2006年12月15日の朝日新聞の社説において、上位者の意向を推し量る「忖度」の用例を採集している。そして、飯間氏によれば、2014年以降にはNHK会長の籾井勝人氏の意向をNHK職員が「忖度」するという用例もしばしば報道に見られるようになり、「忖度」という言葉には否定的なニュアンスが含まれるようになっていた。これは偏見かもしれないが、政治的な事件の場面やそれに伴うお金の動きと共に使われることで清さを失っていったのかもしれない。

　本来の意味を前面に受け止めれば忖度自体は決して悪いことでもないし後ろ暗い話でもないのだから、堂々と忖度できる社会の空気が生まれるといいのになぁと思います。ね。

67「登らずして絶景の見える山はない」

　心が隅々まで晴れ渡るような絶景。息を飲むような美しい遠景。丘の上や山の上など高いところから眺める景色というのは本当に綺麗だと思います。皮肉なことにこの感動は写真や映像ではいまいちなのです。あ、いや、綺麗ですよ。カメラマンの人が自分の代わりに高い所に登って届けてくれる景色もきれいだと思います。有り難いことだなぁとも思います。ではあるので

すが、それにもまして「自分の力でそこへゆく」と尚更美しく感動が大きくなるというわけです。

　ある親子が押し問答をしている場面に遭遇しました。児童デイサービスのキャンセルをめぐっての激しめの意見交換です。お父さんの車で到着したのですが何かのきっかけでへそを曲げて「今日は休みます」というのが本人の主張。ご両親、特にお母さんは「約束なんだから」と出席に向けて説得しています。お父さんは二人のやり取りを眺めながら落とし所を探っている感じでした。こういった場面で使われるテクニックとして「ご褒美」があります。古い言葉でいえば飴と鞭の飴でしょうか。結果としてその日はお休みになりましたが次は頑張ることを約束していました。ご褒美を前提にです。個人的には少し不思議な感覚を得ました。「ご褒美」と「条件」の境目がピンと来なくなってしまったのです。本人の理解を言葉にすると「○○を買ってくれるなら次に頑張る」。これは条件ですよね。親御さんの立場で語れば「次に頑張るなら○○を買ってあげる」これは次に頑張ることを信頼してのご褒美の前倒しです。ご褒美というのは報償ですから得られた結果に対して「よく頑張りました」と与えられる性格のものです。ところがこの親子の場合はまだ頑張っていないけど頑張る事を約束した時点で与えられることが約束されています。なんだかご褒美じゃない気がしてならないです。ご褒美は努力に対して報われるも

ので約束に基づいて与えられるものは条件です。

　まるで登っていない山の絶景をただで見ているような、そんな感じがするのです。嬉しいのかなぁ。○○を買ってもらえることは嬉しいと思うんだけど感動が薄いような気がするのです。登らずして絶景の見える山なんてないと思うのです。

68「得体の知れない頑張れ」

「がんばれ」っていう言葉が罪を為すことがある。この言葉のもつ「圧」に目を向けるとよく解る。心が傷を負って生きる力が弱ってしまっている人。すでに頑張っているのに認めてもらえていない人。他人には到底想像も付かない悲しみを背負っている人。これ以上は無理って思いながら懸命に生きている人。不用意に「頑張れ」って励ましてしまったのが引き金になって何かの事件が起きてしまったり命を絶ってしまうことにつながったり。……応援って言います。悪気はまったくなくて「心の底から」その人のことを思って、勝負事であれば勝ってほしいと、目標や夢に関わることであれば実現してほしいという願いから「頑張って」という言葉が生まれるのです。ところが受ける側の心の状態によっては「そんなこと言ったって、これ以上頑張れないよ」とか、「言われなくても頑張ってるよ」と心が歪んでしまって却って頑張れなくなったりすることがあるのです。お互いに悲しいことですよね。

コンプライアンスのしっかりした企業では「パワハラ」として扱われることもあるのだそうです。じゃあ「頑張れ」という言葉がいけないのかというと、そういうことではないのです。「応援」する心が余計なことではないのです。これらの源は愛なのだから。

　こんな話がありました。中学を卒業して高校に進む子がいたのですが、その子の成長を喜ぶ多くの人が顔を見るなり口々に「頑張ってね」と声をかけてくれたのだそうです。あまりに多くの人に「頑張れ」と励まされた挙句「いったい何を？」とパニックを起こしてしまったというのです。「これから高校生だね。勉強を頑張ってね」とか「部活を」とか「運動を」とかテーマがはっきりしていれば「それはどうも、ありがとうございます。頑張ります」「運動は苦手なので、頑張れません」なんて、受け止めたり受け流したり処理が出来たのでしょうが、何しろ「この得体の知れない頑張れ」に動揺してしまったのです。応援されたり励まされているのはよく分かるのだけど「いったい何を頑張ればいいの!?」。正体の判らない篤いエール、熱量しか伝わらない。気持ちは嬉しいけど、苦しいよ。「せっかく応援したのに」ってがっかりしないでくださいね。そもそも期待はあなたが勝手にしていることなのだから。その分、形にせずに深く応援を念じてはいかがでしょうか？　「がんばれ」って言わなくても「がんばるに決まっている」と信じて見守る。「がん

ばったのに」上手くいかなかったときこそ、あなたの
出番です。「大丈夫だよ、あんなに頑張ったんだから」。
今は巧くいかなかったけど、きっと素敵な未来がやっ
て来る。あなたはそれだけの努力をしたのだから。
だって本当に頑張ったんだもの……って。「がんば
れ」よりも「がんばったね」がやさしい気がする今日
この頃です。

69「特変なし」

　特別養護老人ホームでの生活相談員時代、有料老人
ホームでの管理者時代を通じて幾度となく救急搬送に
付き添いました。生活相談員の時代にはショートス
ティの利用者も含め150人ぐらいが寝泊まりをする大
きなホームでしたから搬送の機会も多かったです。住
み始めの頃は職員もその方のことが解らないので、関
わり方を工夫する中で知り得た情報をカルテに記録し
てスタッフ同士が情報交換をします。カルテの記録が
新鮮で刺激的です。しかし数年を暮らして特別な病気
を抱えている訳でもなく、ずっと横になって暮らして
いる方の記録はややもすると三行句に陥ります。カル
テの記録には大抵の施設では日勤帯と夜間帯が交互に
記載をします。生活の様子とバイタルを記録しますか
ら、例えばこうです。「日勤帯、特変なし」「Kt36.5、
150/70」「夜間帯、特変なし」これがその人の一日で
す。毎日がこの繰り返しです。ある日この方が急変し

て搬送されました。当直の当番だった私は救急車に一緒に乗って病院に向かいました。移動中にご家族に電話で連絡を取って病院に向かってもらいます。移動中も救急隊員は私にその方のことを質問します。今日の状態、いつからこんな風なのかとか、毎日どんな風に過ごしているのか、過去にどんな病気をしたことがあるのか。これらの質問は病院に到着した後にも看護師から同じことを聞かれます。情報共有すればいいのにとか心の中で愚痴がこぼれることもありますが、なるべく顔に出さないように愛想よく答えます。しかしカルテが三行句の繰り返しなので答えることが尽きてしまいます。そうはならないようになるべく普段から自分でその人のことを観察したり、家族さんから聞いたことをメモしたりしていますが限界があります。家族の到着を待たず旅立たれる方もいます。そんな時にご遺体と二人で家族を待つこともありました。その時間にしみじみとカルテを眺めて「この人の生活って何だろう」って哀しくなることがありました。寝たきりなら寝たきりで「特変なし」の一言で片づけることなく「落ち着いた表情で終日休んでいた」など記録の仕方もあるだろうに……そんな物思いにふけることがありました。勿論、その事は施設に戻ってから上司にも報告し介護主任さんに「いかがなものでしょうか」と訴えました。「介護スタッフさんもやることはいっぱいあるのでそこまではね」と流された苦い思い出です。

遺族の目線を持つといいと思います。親の終焉の記録が三行句の繰り返しではあまりにも残念な施設だと感じると思うのです。「あぁ寝たきりの自分の親をここまで丁寧に看てくれたんだなぁ。忙しいだろうに頭が下がるなぁ」「人に聞かれたらこの施設を紹介したいなぁ」という思いにもつながると思うのですよ。と言ってもかれこれ20年以上前の話なので、今はもう雰囲気も変わっていることを期待したいです。

70「廃屋」

　散歩をしていると時々人の住んでいないであろう廃屋を見かけます。もうずいぶん前に放棄されて草がぼうぼうに取り囲んでいるなど、荒れ果てた様子のものもあります。長い留守で玄関の郵便受けに新聞が山積みになっている程度の話とは訳が違います。子供たちが家を出て伴侶に先立たれ施設入りを拒否して、最後まで独居を貫き人生をしっかり刻みぬいた方が旅を終え家を残した。残したもののこの家を引き受ける子が居なくてと言ってすぐに処分するには忍びないし、お金もかかるししばらく放置が妥当という判断をされた物件なのかもしれない。霊感とかの話じゃないのですが、その家に呼び止められることがあります。ふとのぞき込むと何とも言えない凛とした空気が張り詰めていたりします。あぁこの縁側に腰かけて夜空を眺めたりしていたんだなぁとか、あの窓から空を見て朗らか

に歌っていたのかもしれない。いろいろと想像を掻き立てます。さすがに中に足を踏み入れようとはこれっぽっちも思いませんが、その家が現役で活躍していた姿を想像するとワクワクします。何世代の子を育てたんだろうとか、そんなことに思いを馳せるのも楽しい。でも時の流れには逆らえず、ある時その家にユンボが入って解体を始めてしまいます。自分が住んでいた家でも何でもないのですが景色が変わるというのは寂しさがあります。解体工事が済んで更地が姿を現します。そして再び静寂を取り戻します。建物を失った寂しさをひと時のことで更地になると、建物から解き放たれた沢山の思い出が自由自在に輝きます。家が建つ前からその地に息づいた思い出が更に輝きます。年輪が一重増えるようなものかもしれません。樹齢を重ねた大樹が眺めてきた様々なドラマに思いを馳せると、それはそれは雄大な気持ちになることが出来ます。大きな木に掌を這わせて目を閉じてみてください。樹の鼓動を感じませんか？　樹の記憶が流れ込んでくると言うと流石に小説の世界ですが、それに近い感覚を感じます。妄想なんでしょうけどね。何もない草原が開発されて、あるいは森を切り開いたかもしれません。やがて家が立ち並び町が出来ます。何世代かが住むと一軒また一軒と廃屋が生まれます。やがて更地が混じり始めます。一か所程度の更地はやがて次の持ち主が新しい家を建てます。更地が虫食いのようになると残った

家の人に引っ越してもらっての再開発が計画されることもあります。大地の隆起の他には面影を残さないこともあります。しかしその地には思い出が幾重にも折り重なって輝いているのです。耳を澄ませて風を感じてみてください。やがてあなたの記憶もこの思い出に一重の年輪を加える日が来るのかもしれません。

71「きみと過ごした夏」

　照りつける猛烈な太陽。流れる汗。何度も遠のきそうになった意識。抜けるような青空にモクモクと湧き上がる入道雲。あの夏、僕らはいろんなところを歩いたね。小高い丘の上にある展望台を目指して森の中をひたすら歩いた。静かな森の中は耳を澄ませばいろんな音がした。風で木々の葉がこすれる音や小鳥のさえずり、小鳥とは思えない大きな鳥の叫ぶような鳴き声。バッタだとかの虫がはばたくような音。それらの音が折り重なるとまるで妖精がおしゃべりをしているようにも思えたっけ。森の中に小川を見つけたね。小川の水は本当によく澄んでいて綺麗だった。小川に木の葉を浮かべたね。小川をたどって歩いて行くとやがて森が開けて草原に出た。膝ほどの草、くるぶしに届くかなという芝が僕らを歓迎しているようだった。森を歩いて疲れたから芝に寝転がって空を眺めたね。ささささってそよ風になびく音が爽やかでいつまでもここに居たいって思ったよ。僕らの他に誰もいないことをい

いことに歌を歌ったね。楽しかったよね。さぁもう少
しで展望台だからって思ってもなかなか体が持ち上が
らなかったっけ。疲れはとっくに飛んでいったのに
……ずっと、そうしていたかったから。だけど人生は
思うようにはいかないもの。君は展望台に辿り着く前
に具合を悪くしてしまった。だからあの日僕らは展望
台をあきらめて帰って行ったね。君は病院に行くこと
になったから僕はまた独りになった。君は何日かで
帰ってきたからまだ夏は終わっていなかったね。だか
ら僕は君に行きたいところ、見たい風景を聞いたよ。
海が見たいって君は言ったっけ。僕は車を準備して君
を海まで連れて行った。砂浜だと人が大勢いるのが煩
わしくて少し外れた灯台のそばの堤防に腰を下ろし
たっけ。寄せては返す波を飽きもせずずっと眺めてい
たね。波に煌めく太陽のかけらが美しくって。昼間は
碧かった海が夕暮れと共に橙色に変わっていった。君
の頬には涙が流れていたよね。僕はそれを見ていたけ
ど何も言葉をかけられなかった。もうすぐ終わってし
まうことが解っていたから。だから出来るだけいつも
のように接していたかった。君の最後の日まで僕は変
わらない僕でいようと決めていたから。やがて灯台に
明かりが点る頃を迎えたから帰ろうかって……帰った
ね。あっという間の夏だったね。君と過ごした夏は本
当にあっという間に過ぎていった。あの日海から帰っ
た君は何かを決意して「さようなら」と言った。次に

見た君の笑顔は祭壇に飾られた君の写真だった。僕らの間には特別な関係は何もなかったけど君の最後の夏を一緒に過ごせたのは奇跡なんだと思う。君を独りにせずに済んだからね。独りで旅立った君と独り残された僕と寂しいのはどっちなんだろうって時々思う……。

72「ありたい自分、ある自分」

　ありたい自分……理想的な自分。こうありたい、こうなりたい。子供の頃に思い描いた将来の自分、大きくなったら俳優になりたい、画家になりたい。刑事になりたい。歌手になりたい。コックさんになりたい。やくざになりたい。プロレスラーになりたい。魔法使いになりたい。先生になりたい、宣教師になりたい。テレビや映画の中の人、実際に出会った人に憧れて様々な自分の姿を想像したことがあるのは僕だけじゃないと思う。あなたもそうでしょう？　幼い頃の夢をはじめ、成長する中で夢がリアルな目標に変わり、挫折を覚え、職業の話よりも自分自身の能力だとか性格に目が向き、これじゃあダメだと気持ちを入れ替えることもあったと思います。ありたい自分とある自分の距離や違いに愕然として切なくなってしまったり、そうかと思えば気が付かなかった目線に気が付いて「あ、叶ってる」と自覚して安心することもあります。ふと、思ったことですが、現にある自分を形作っているのは、これまで思い描いてきた、ありたい自分とそれを目指

して注いだ努力や情熱なのだということ。目指した夢に辿り着けない自分に気が付いた時にがっかりしたこともあるのではないでしょうか？　でもね、安心してね。夢を諦めてしまったりするのは寂しいことだし切ないことなのだけど、その夢を思い描いただけでもあなたのイメージは鍛えられ視野が広がるのです。夢を描くことは無駄じゃないということ。だから沢山の夢を描けばいいのです。それに諦める必要もない。あなたが生きている限り夢が叶う可能性は無くならないのだから。往生際の悪いへ理屈に聞こえますか？　そうかもしれないけど、いいじゃないですか。夢は力になります。「ある自分」を支えているのは「ありたい自分」なのです。ありたい自分が背中を押したり手を引いてくれたりしているのです。僕は子供の頃、ウルトラの星からやって来たけど変身する力を失ってしまい、帰れなくなった悲劇の王子だと信じ込んでいた時代があります。しかも意外と長い間。結構痛い子でしょ？（笑）。きっかけは父の冗談でした。現代の社会では児童に対する精神的虐待だと騒ぎ立てる人もいるかもしれませんが、当時は「お前は橋の下で拾った」なんて言う親が結構いましたよね。勿論一家団欒での常套な冗談ですよ。我が家も多分に漏れず「お兄ちゃんは橋の下で、僕は川の下で」と言われたこともあります。ところで川の下ってどこなんだ？と真剣に悩みました。悩むのはそこか!?と突っ込みたいところですが。そ

の手の会話の中である時期から「お前は宇宙からやって来たのだ」とお父さんに教えられました。よほど、しっくり来たんでしょうね。ずっと信じてしまいました。そして自分の中で話が膨らんで陶酔していました。いつか能力を取り戻してウルトラの星へ帰る自分を夢見ながら、気が付けば半世紀以上地球にいます。このまま地球に骨をうずめるんだろうなぁ（笑）。

　それでいいんじゃない。ただ、この星でどう生きるか、どう過ごすかが問われるところです。生まれた星に帰る夢が夢で終わったとしても、この星で存分に生きた。魂を輝かすことが出来た。人に見せるための輝きではありません。自身で感じる輝きで十分です。人に見せるための輝きではなく本質的な輝きのことです。

73「子育てという名の自分育て」

　昔、同じ職場で働いていた方の口から出た言葉。尊敬できるなぁって思えました。その現場は老人ホームで彼女はパートで勤務している方でした。実力もありセンスや心もとても仕事に向いた方でしたが常勤ではなくパートとして働いていました。扶養範囲を超えないための配慮があったのかもしれません。この言葉は当時聞いた訳ではなく私がそこを離れてからふとしたメールのやり取りの中で彼女が語った言葉です。「子育てという名の自分育て」この言葉を口にできるお母さんは素直に素敵だと思います。子供を育てることっ

て本当に大変な苦労があります。経済のこともそうですが諸々の犠牲を伴います。勿論大きな喜びもありますからバランスはとれると思いますが、それは大抵の場合、後になってからの話です。この子の笑顔に癒されて泣きたくなるほど辛かった日々の苦労が報われます。別の話で、先生は生徒に先生と呼ばれる中で一人前の先生になってゆく、お母さんは子供にお母さんと呼ばれる中でお母さんになってゆく、そんなことを書いたことがありますが、まさにそのことです。お母さんは子供を育てる中でお母さんとして育てられます。お母さんも子供も共に生きながら初めての出来事を乗り越えてゆくのです。勿論、お母さんが子供の時に体験していることも多くて、簡単に転ばぬ先の杖を教えてあげられることも多いでしょう。ですが、お母さんとしてその出来事に出合うのは初めてなのです。一人目の子供、二人目の子供で、そのあたりの事情が変わることは当然ですが、そうだとしても上の子と下の子は別の魂を持っていますから、親としての対応も変わって当たり前です。上の子の時にこうだったからと言って下の子の時に同じようにしてもうまくいかないこともあります。お母さんが子育てで学ぶのは子供に対しての教え方だとかそんな次元の話ではなくて人生そのものです。窓から眺める風景から何かを感じ取るように、自分の向き合う子供が出来事に対する反応やそれをこなす姿、助けを求められることもあるでしょ

う。そんな日々の出来事から受ける感情の動きなどの影響、発見、気づき、喜びや悲しさ、そういったある意味での「波」が寄せた時に、自分の心が打ちのめされたり幸せを感じたり、ひらりと身をかわしたり。そんな日常の中で自分は経験を積んでゆきます。人として年輪を重ねます。子育て、育児は長い間女性の話として押し付けられてきました。近年やっと社会的に夫婦で育てるものだという価値観が広がってきましたし、男性社員の育児休暇も制度としては取り入れられてきました。まだまだ「当たり前」にはなっていない現実もありますが、社会は少しずつ変わってきています。夫婦で取り組むことが求められるほど大変さのある子育て。ですが「子育て、大変です」と言わず「子育てという名の自分育てを頑張ります」という言葉を聞いたときに、この謙虚さが、すがすがしく好感をもたせました。子育て世代のお母さん、お父さんが自分育ての価値観で子供と接することが普通になればその家庭は豊かになります。社会の基礎は家庭ですからこうして家庭が豊かになれば社会が豊かになります。社会が豊かになれば世界が豊かになります。世直しはまず自分の行いから始まるのかもしれません。

74「どんな時も神の愛の中に」

　日本人は信仰を持たない人も多いので、ぴんと来ない話かもしれないのですが今回は「神の愛」について

感じるところを書きます。信仰を持たない人の中には完全に神の存在を否定している「無神論」の人もいれば、亡くなった私の父のように神の存在を感じるあまり「宗教を選ぶことが出来ず」に結果として（これと決めた）信仰を持たない人がいるようです。私とカトリック教会の出合いは年老いたドイツ人司祭との出会いに遡ります。教会に流れ着いた背景から話すと更に登場人物も増えるのですが、そこはまた別の機会に。あの頃の僕は若く青い悲しみを抱えていました。学生時代のことです。定時制の大学に通っていて学校は夕方からで日中はアルバイトをしていました。昔から目が覚めるとじっとしていられない性格もあり用事のある日に自宅で時間調整することが苦手です。あの頃もそうでした。アルバイトが始まる前にまだ時間があって、アルバイト先近くの丘の上にある教会に吸い込まれるように気が付くと大聖堂の前にいました。建物の中に入る勇気はなく毎朝のように早朝、大聖堂の前に日参するのですが何もないまま日々が流れます。毎日のように教会に通っても人に会うわけでもなく聖堂内の落ち着いた空間で祈るわけでもない。僕の悲しみはなかなか晴れることはありませんでした。雨の日も風の日も通います。いつかアルバイトとは関係なくアルバイトが休みの日にも通うようになりました。そんな日々を過ごす内に梅雨時を迎えました。若い僕は傘もささずに、多少雨に打たれることが何となくかっこい

いように思う少しイカレタ青年です。その日の雨はそんなに激しいこともありませんでしたが、いつもより何だか物悲しく感じました。不覚にも頬を涙が伝いました。人から見れば雨と区別もつかなかったと思いますが、本人にはわかります。その時でした。僕の後ろから傘に招き入れてくれた人がいます。「何カ、アッタノデスカ？」生涯忘れることのない出会いです。ファーストコンタクトです。「ヨカッタラ、私ノ部屋デ話シマセンカ？」僕は導かれるままに老師の部屋に従いました。乾いたタオルを貸してくれて温かいコーヒーを入れてくれました。母親以外の大人にこんなに優しく接してもらった経験があまりなくて、張っていた意地が簡単に崩れました。2時間ほどでしょうかしっかりと話を聞いてもらって心がとても穏やかになりました。老師は話したい時にはいつでも来るように、来れないなら電話をかけてきてもいいと名刺をくれました。その名刺には「疲れた者、重荷を負う者は私のところに来なさい。私が休ませよう」と聖句が書かれていました。この言葉は私にとっての座右の銘となりました。その後は導かれるままに師の元に通い神のこと、教会のことを学びました。時々うとうとしながら。割と絶えず取捨選択をしながら人生を生きている私たちにとって自分の判断もあるのでしょうが、間違いなく「導き」がある。そんな風に思うようになりました。神様が本当に観てくれているなら、どうして悲しい出

来事や苦しい出来事に遭うのか、事故や災害、不慮の死を例に疑いを口にする人もいます。僕は、そんな命を奪われるほどの苦しみや悲しみを経験したわけではないので、何とも言い返せませんが「僕らが苦しい時には神様が一緒に苦しんでいます。僕らが悲しい時には神様も涙を流してくれています」と思うのです。思うというか「知っている」といった方がしっくりきます。僕らは神様の愛の中で生きているのです。だけれども、ややもするとそのことを見失ってしまうのです。デパートで母の手を振りほどいておもちゃのコーナーに駆け出して、迷子になって泣いている子供のようです。落ち着いて振り返ればお母さん居るのにね。

75「ころ」

　ころ……なのか、コロなのか、はたまたKoroなのか、これまで気にしたことがなかったのですが、ふと立ち止まってしまいました。仮に「ころ」と表記して話を進めます。「ころ」……実家で飼っていた犬の名前です。中型の雑種で毛が長くてもさもさした犬でした。僕の記憶にある限り「ころ」は我が家で一緒に暮らした3頭目の犬です。初代は「花子」というメスの犬で子犬をたくさん産みました。ほとんどの子犬が車にひかれて死んでしまいましたが、その中で生き残り里子に出されることなく我が家に残ったのが2頭目の「いち」です。「花子」も「いち」も僕が幼年時代を過

ごした家にいました。幼稚園時代に我が家は引っ越し
をしています。別の話で書いたかもしれませんが、幼
年期の僕は体が弱くて医者の勧めもあって両親が引っ
越しを決意したのでした。初めの頃に「いち」がいた
かもしれない……記憶が曖昧です。どういう経緯で
「いち」がいなくなり「ころ」がやってきたのかは、
まったく記憶にありませんが、「ころ」と暮らした思
い出はたくさん残っています。まだ小さかった僕は
「ころ」にまたがるのですが、よほど嫌だったんで
しょうね（笑）。彼は、その都度「へたり」と腰を落
とします。当時は今ほど愛犬家に求めるモラルにも厳
しさがなく「ころ」は基本的には放し飼いでした。当
時だから「ころ」は、幸せに生きられたのかもしれま
せん。ま、本当に幸せだったのかは解りませんが……
彼は、ご近所で愛されていました。穏やかな性格で吠
えたり唸り声を聞いたことはあまりありません。我が
家には猫も数匹いました。猫の面々は犬に対しては好
戦的で、よく、ちょっかいをかけていましたが「こ
ろ」はやれやれという表情であまり相手にしません。
穏やかな奴です。僕は小学校へ分団登校をしていたの
ですが、そのお供が彼の一日の始まりです。小学生を
学校まで送り届けると帰宅するのですが、寄り道をし
ながら帰ります。独居老人の軒先縁側を訪ねます。
「ころちゃん、よく来たね」と歓迎され「おやつ」を
いただく毎日だったようです。数軒をめぐり安否確

認？をします。未就学児のいる家庭では子供らの遊び相手も務めていたようです。午前中のお勤めが終わるとお昼にはちゃんと帰ってきます。午後はもっぱら犬小屋でゴロゴロしながら過ごしていました。夕方、僕や兄が帰宅すると犬小屋からのっそりと姿を見せます。僕らがコンビニやら市場やらへ出かける時にはついてきます。お店の中に入ることはせず、店先から少し離れたところで待機します。分別を付けることが出来るイカシタ奴だと思いませんか？　しかも繋いだりはしませんが、どこかへ行ってしまうこともなく、ちゃんと待っています。家族で一泊程度の旅行をすることもありましたが、十分な量の食事を置いておくと彼なりの計算で計画的に摂食していました。決まりよく日課を守り、老人を慰め子供をいたわる彼はいつの間にかご近所で「おじいさん」って呼ばれていました（笑）。僕が中学生、兄が高校生のある日、その日は突然やってきました。死んでしまいました。夜でしたが、僕ら兄弟がコンビニへ出かけるといつものようについてきました。ところがその日に限り、彼は道中で何かに気を取られたのか僕らを見失ってしまったようです。気が付くと信号交差点の対角にいました。一緒に歩けばこそ横断歩道を使いますが、離れてしまった彼は早く追いつきたいという思いが強く斜め横断をしてしまいました。「あ、まずいな」と僕ら兄弟は声を揃えました。案の定、猛烈な速度で走ってきた車高の低い重低

音の車に轢かれてしまいました。それまで聞いたことのない大きな声で悲鳴を上げました。轢いた車は結構な衝撃もあったでしょうに、目もくれず走り去っていきました。兄は、とっさに彼を道路から歩道に抱き運びました。後にも先にも一度きり「ころ」は兄の腕を噛みました。よほどの痛みに気が動転していたのでしょう。どうにか家に連れて帰りました。夜だったこともあり、それに今の時代ほど獣医が開業しているわけでもなかったので、何ともできませんでした。父も母も家から出てきました。時々痙攣しながら、だんだんと弱ってゆく「ころ」をただ、ただ、静かに見守ることしかできませんでした。悲しい出来事でした。普段ちょっかいかけて「ふー！」ってケンカを売ってる猫たちも遠巻きに集まってきました。いつまでたっても玄関先の灯りの消えない我が家の異変に気づいたのか、ご近所さんも何人か顔を見せました。「おじいさん、もう、だめかねぇ」「かわいそうにねぇ」「いままで、ありがとうね」まるで本当に「おじいさん」が死んでしまうような空気でした。不幸な事故でしたが幸せな最期の時を迎えたんじゃないかと思います。それ以来、我が家には犬はいません。犬小屋はずっと置いたままでした。

　そんな「ころ」のことを急に思い出したのは何故なのか？　それは謎です。それでも思い出せてよかったと思います。

172

76「みんなの味方」

　以前一緒に働いた僕の長男と同じ年齢の若い同僚に「新内さんはみんなの味方だから」と評してもらったことがあります。彼女は少し過大評価をしていたと思いますが、でも、そう言われて気を良くしたのは確かです。職場というのは道場のような性格もあり日々自身の心が鍛錬される場でもあると思います。就業の目的や動機は個々様々ですが活動は同じです。集まる人も実に様々です。老若男女、趣味趣向、十人十色の性格。当然自分にとって関わりやすい人もいれば苦手な人もいる。好感の持てる人や、時には大好きな人もいます。でも仕事で関わる以上は気に入った人にばかり親切にして苦手な人は避けるという訳にはいきません。人の生き方としては、むしろ逆に苦手な人にこそ愛を示すことがいいような気がします。

　「自分を愛してくれる人を愛したところで、何の報いがあるだろうか」「むしろ自分を迫害する人のために祈りなさい」とイエス・キリストは隣人愛を教えます。だからと言って苦手な人にばっかり親切をしようものなら『媚びてるの？』と自分自身の心の声が聞こえてきそうです。勿論、愛を示すというのは媚びるとかではないのですが……分け隔てなく関わるということが正解に近いんだろうなぁ、って思います。自分の周りにいてくれる人を同じ様に大切にするということ。こ

れが博愛主義の原点かもしれません。僕は気が小さい
し、心が狭いし、焼きもち焼きだし、小さなことです
ぐにうじうじしてしまう。優しい人の皮をかぶった小
心者です。でも、それだけに人にはなるべく親切にし
たい、大切にしたいという気持ちが強く働きます。摩
擦を小さく生きたいからです。その結果、当時その振
る舞いが博愛に見えたのかもしれません。「みんなの
味方」なんて望外な表現をしてもらってとても嬉し
かった。それなりにコツコツ頑張ってもいますからね。
いつか本物の「みんなの味方」になりたいと強く心に
刻んだ、あの日が懐かしいです。勿論それは目下目標
であって達成できていませんけどね。(;^_^A

77「挨拶」

　おはようございます。いらっしゃいませ。こんにち
は。お元気でしたか？　ありがとうございます。お気
をつけてお帰りください。またお会いしたいです。
……並べたらきりが無いですが挨拶の言葉です。

　挨拶は重要ですね。特に初めの挨拶、初対面では印
象を決めます。日常では、その日の調子を左右します。
気持ちのいい挨拶は、受ける人も発する人もいい気分
になります。挨拶を発して返ってこないとちょっとだ
けへこみますよね。でも、挨拶を返さない人はそんな
こと微塵も思ってないですよ。挨拶を返す余裕が無い
ぐらいだから挨拶を発する人の心の動きなんて見えて

ないのです。だから挨拶が返ってこなければ、
「ちぇ」って思わないで、『気の毒』なんだなぁって理
解するほうが善いかもしれません。鳴かせてみせよう
ホトトギス、鳴くまで待とうホトトギス、どちらでも
いいでしょう。組織の中に属している時は、私情を持
ち込んではいけないと考えます。調子の悪い日はいく
らでもあります。いつでも絶好調のわけがありません。
特に職場は、言い換えれば心身の負担を提供して給料
を頂くわけですから、しんどい日が多い位でどうにか
役に立っているものです。しんどい人としんどい人が
交わす挨拶は暗いです。気持ちのいい挨拶は光をもた
らします。暗い、暗いと不平を言う前に進んで明かり
をともしましょう。挨拶は元気よく！　が基本です。

78「やさしい人」

　息子が３歳の時に語った言葉です。「大きくなった
らどんな人になりたいですか？」の問いかけに対して
「やさしい人になりたい」と答えた時、自然と涙が湧
きました。この子はなんと素敵な感性の持ち主だろう。
（親ばかでごめんなさい^^）サッカー選手やパイロッ
トになりたい人が多い中、「やさしい人」になりたい
と答えたのです。同時に彼は苦しい生き方を選んだも
のだと思いました。やさしくあることは本当に苦しい
ことだと思います。私はそれほどやさしい人間ではあ
りません。中途半端にやさしい振りをしています。私

のことはさておき、やさしさには厳しさもあると言う
人がいます。でもそれは間違っています。厳しくしか
出来ない人の言い訳です。やさしさはやさしさ、厳し
さは厳しさ、本質的に違うものです。人にとことんや
さしくあるために自分に厳しいと言うならそれは本当
にやさしい人です。やさしくあることは生半可ではあ
りません。身を削り、命をそぐ覚悟が必要です。与え
尽くすことが出来るかということです。ですが、そう
ありたいと思わなければそこに近づくことは出来ない
でしょう。やさしさは決して臆病者の言い訳なんか
じゃない。むしろ勇気が必要なことです。強靭な気力
が必要なことです。深い懐と篤い心が必要なことです。
心身を鍛えやさしい人になりたいものです。

79「ろうそく」

　蠟燭の灯火が好きです。明るい電灯もいいのですが、
味わいではなんと言っても蠟燭でしょう。やわらかく
暖かい光がゆらりと瞬くと、なんとも風情を感じます。
最近ではアロマ蠟燭とでも呼ぶのでしょうか、火を灯
すと薔薇などの香りがする物もあるのですが、私は、
いかにも蠟燭臭いのが好きです。蠟燭は身を焦がして、
人類に光と暖かさを与えます。なんと偉大なことで
しょう。熱いと言わないところがまた凄い！（言うわ
けないけど……）バースデーケーキの蠟燭は切ないで
す。消されるために火をつけられるのです。とってお

いて翌年使う人は、いないでしょう。出番が終わった
ら捨てられるのです。よく儚いものの喩えに線香花火
が語られますが、線香花火は美しさを称えられ、風さ
えなければ燃え尽きることも出来ます。少なくとも消
されることは無いです。ところがバースデーケーキの
ろうそくは、燃えることが仕事なのに消されることで
役に立つ。皮肉なものです。燃えている時間はほんと
に僅かです。しかし、揺らぎながら光と暖を放つ他の
ろうそくと違って、時を演出する役割と力があります。
実に尊い存在です。人類の歴史は火と共にあります。
それは火の発見が人類を他の獣と分けたことからも明
らかです。燃えることでもまた反対に消えることでも
役割を果たすことの出来る「火」。そして「ろうそ
く」ってすごいと思う。

80 「お父さん」

　最後に「お父さん」と口に出して父を呼んだのは、
一体どれぐらい昔だろう。「お父さん」やがて「父さ
ん」そのうちに「あいつ」と陰で呼ぶものの直接呼び
かけることが圧倒的に減り、少し大人になった頃「親
父」と呼ぶようになった。「親父」と呼ぶようになっ
たその人はベッドの上にいた。見るからに貧弱に変わ
り果てていた。身内びいきもあるのですが、僕の「お
父さん」はそれなりに体つきも格好よく知性にあふれ
た人でした。小さかった僕は、お父さんの膝に乗るの

177

が大好きでした。お父さんは家にいる時、いつもお酒を飲んでいましたが、僕がどんなにまとわりついても、それはそれは、上手に一滴もこぼさずに飲んでいました。お父さんは芸術や外国の話、歴史の話、いろんな話を聞かせてくれました。講義、講演の仕事もしていたので話が上手でした。僕自身もこの年齢になり人前で話す機会もありますが、そんな時に「お父さん」が与えてくれた賜物を実感します。決して「お父さん」ほど上手に話せるわけではありませんが、それなりに認めていただいています。文筆に関してもそうです。お褒めの言葉をいただくこともありますが、やはり「お父さん」から受け継いだ能力なのだと受け止めています。僕の書く文や、紡ぐ言葉がご好評いただく時、如実に「お父さん」の影を見ます。そして僕が「お父さん」と呼ばれるようになりました。この子らはいつまで僕のことを「お父さん」と呼んでくれるのだろうか？　いわゆる育児の場面にさえ「お父さんの支え」を感じることも多いです。これは連綿と続いてゆくことかもしれません。母親は肉体を父親は魂を子に授けるという表現を聞いたことがあります。なるほどと唸らされる言葉です。晩年のお父さんはベッドの上にいました、肉体こそ老いさらばえていましたが、その言葉は冴えわたっていました。死を目前にしたお父さんは家族一人一人に手紙を綴りました。僕がもらった手紙には「自由自在に生きてください」と書いてありま

した。手紙を書き終え疲れたお父さんは、病気の痛み
と闘いました。もう勝てないと悟った時「尊厳死」を
望み、モルヒネを要求しました。命への冒瀆と言う人
もいるかもしれません。でも僕には、そんなお父さん
の死に様が格好良く思えて仕方がないのです。自分の
時に生に執着せず「さようなら」と言えるのだろう
か？　自信がありません。でも一つ言えることは「僕
はお父さんの子供でよかったと思っています」という
こと。今更そんなことを言いながら「あいつ」呼ばわ
りした時期もあります。今の気持ちに辿り着くまで
には沢山の遠回りをしました。でも必要な通り道だった
のだと思います。結局、故郷の景色が一番美しく感じ
るのと似ているかもしれません。

81「あなただから」

　あなたが素晴らしいのは、あなたであるから素晴ら
しいのです。何の飾りもいらない。お金を持ってるか
ら素晴らしいんじゃない。足が長いから素晴らしいん
じゃない。車を持ってるからじゃない。何もなくても
あなたはあなたであれば、それが素晴らしいこと。

　他人と比較することは、これっぽっちもないんです。
あいつの方がイケメンだとか、カッコいい車に乗って
いるとか、給料がいいとか、そんなことで自分を苦し
める必要はまるでないのです。逆に「あいつよりはマ
シ」なんて言って人を見下したところで、あなた自身

の価値は何一つ変わらないのです。むしろ、そんなことを心に思った分だけ貧しい生き方をしたことになります。自分を幸せにするのは他人ではないのです。あ、恋人とか家族の存在は別ですけどね。

　だから、あなたは世界中の誰と比べる必要はなくて、あなたがあなたであるという理由だけで素晴らしいのです。

82「祈り方」

「どう祈ったらいいのですか？」知人の病床を見舞った時に突きつけられた心からの言葉です。彼の体には呼吸を助けるための管が通っています。たえず13Lもの酸素が流れています。それでも酸素濃度は90％にやっと届く程度です。肩で荒く息をする状態でした。とても苦しいのです。毎日が苦しいのです。はじめは「主よ、この苦しみを取り除いてください」と祈ったそうです。来る日も来る日も祈りました。でも苦しさは変わらないどころか日に日に増してゆき、次に「この苦しみを耐える力を与えてください」と祈ったのです。苦しいことは仕方がない。病気なのだから……ならば自分自身が苦しみに耐えられるように力を注いでくださいと祈ったのです。やがて「この苦しみに耐える自分をささげます」と……。

　気休めや綺麗ごとならいろんな言葉が思いつくかもしれない。でも今必要なのは「そんなの」じゃない。

その時、僕には黙って目を見つめ申し訳程度にうなずくことしかできなかったのです。自分の経験したささやかな病気では遠く及ばない苦しみ……大病から生還した人になら何か言えるのかもしれない。励ましたり、慰めたり。でもきっと彼が欲しいのは、そんなことではないのでしょう。今、置かれた状況と向き合い、いっそ「主のみもと」に召されたいとさえ願いながら与えられている余命。いつ果てるかさえ分からない。そんな日々の中で痛みとともに生きなければならない。ずっと痛いのだ。

　どうぞ、私の耳を使って彼の声を聞き届けてください。どうぞ、私の心を使ってこの苦しみを共に感じてください。どうぞ、私の目を使ってあなたの慈しみに満ちた瞳で見つめてください。どうぞ、私の口を使ってあなたの言葉を伝えてください。どうぞ、私のすべてを使ってあなたの愛を現してください。

83「私あなたのことが、とっても好きよ」

　大学生の頃に恋い焦がれた年上のお姉さんだった。社会人の方だったが、ちょっとした文化教室で知り合った。何度か食事を一緒にして買い物に付き合ってもらうこともあった。背広を買いに行ってネクタイを選んでくれたり、手さえ繋いだことはなかったけど、まるで、彼女のような瞬間もあった。ある日、思いを告げ求婚したんだ。大学生の分際で生意気ですよね。

彼女は「私あなたのことが、とっても好きよ。でも結婚を考えたことはないの。誤解しないで、あなたと結婚したくないんじゃなくて結婚そのものを考えていないの」そうなのか、と話を聞いたが、そうなるとますます恋心に火がついて、猛烈にアタックして一生懸命説得し口説こうと燃え上がった。だが彼女の答えはいつもNoだった。でも、彼女はいつも素敵な笑顔で「ごめんね。嬉しいんだよ。あなたは特別な人、弟みたいに大切に思ってる」って答えてくれた。

　そんなある日、彼女はパタッと教室に姿を見せなくなった。どうしたことかと心配をして少し前に聞いた電話番号にかけてみた。今のように携帯電話なんてなく公衆電話から自宅の固定電話にだ。ひとり暮らしの彼女の電話だったが、彼女ではない女性が受話器を取ったので恐る恐る聞いてみた。「あの、僕、教室でご一緒させていただいている学生なんですが……」電話を取ったのは、お母さんのようだった。お母さんに「親しかったの？」と聞かれ、僕の名前を聞くと彼女の日記に度々登場していた「僕」のことだと解ったようだった。このことは僕も驚いた。まさか日記に度々登場しているなんて思ってもみなかったことだから。彼女も僕のことを僕が思っているよりずっと大切に思ってくれていた。お母さんは「娘が、本当にお世話になったようね。娘はね、数日前に亡くなってしまったの。治らない病気を長く抱えていたんだけど、急に

182

重くなってしまってね」と。僕は頭の中が真っ白に
なった。そしてその時、すべてを悟ったんだ。それま
でに経験しなかったほどに涙が溢れてとめることが出
来なかった。だから、結婚を考えられなかったんだ。
僕のことが嫌いとかじゃなくて。むしろ逆に僕を大切
に思ってくれたからこそ、一人で病気を背負って、彼
女は死期をある程度悟っていたから、僕を一人ぽっち
にしないように考えてくれていたんだ。なのに、僕は
しつこく迫って、なんて馬鹿だったんだ。だけどさ、
言ってくれれば良かったのに。水くさいよ。僕は、そ
んなに頼りなかったの？　ねぇ、一人だけで苦しみを
背負わなくても、僕に一緒に背負わせてくれればよ
かったのに‼　大好きだったのに‼　もう一度会いた
い。一度でいいから……いろんな言葉が思い浮かんで
は消えた。泣いた。泣いた。大きな声を上げて泣いた。
　あんな悲しい別れを僕は経験したことは無かった。
でも、彼女が孤独を背負ってくれたから、僕は生きて
これたのかもしれない。きっと天国に旅立った彼女は
今でもにっこりと微笑んでくれている気がします。
『私もあなたのこと、とっても好きよ』って。あれか
ら30年以上になる。ずっと記憶の奥の方に封印して
きたけれど一度、墓参に赴きたいと思うんだ。どこに
お墓があるかわからないけど。

84「君がドラえもん」

　児童デイサービスの現場で働いていた頃の話。僕の顔を見るたびに「ドラえもん歌って」とせがむ子がいました。彼が歌ってほしいのは2007年の「夢をかなえてドラえもん」の方です。でも僕が馴染んでいるのは僕が子供の頃の「ドラえもんのうた」の方です。初めは2007年の方がピンとこなかったのですが、練習して歌えるようにしました。50男が乗用車の中でエンドレスリピートでアニメソングをかけっ放しで、ずっと歌ってる姿を想像してください。かなりひくでしょ？？　でも、これは必要な努力だと思うのです。自分の知っている「こんなこといいな〜」を押し付けるのも方法かもしれません。でも、たとえばレストランで「オムライスください」って頼んで「それ、出来ないからカレーライスを食べてください」と言われるようなことは嫌だからね。だから、僕は練習して歌えるようにしました。前回オムライスが食べられなくて残念だったお店に行った時に「あ、メニューに入れましたよ」って言われたら嬉しいでしょ？（笑）。だからと言って、この話は子供を喜ばせた話ではなく、もっとシビアに切実な姿勢を伝えたい話なのです。

　児童指導員と子供のやり取りの中では子供は多くのことを要望します。要望をうまく伝えられない子もいます。なまじっか指導員だから「無理なことをねだっ

てはいけないよ」とか諭して切り抜ける方法もあるの
でしょう。しかし子供たちはそれでなくとも大人から
いろんなことを教え込まれ「出来るようになりなさ
い」と指導を受けます。ある場面では「約束」をさせ
られたりもします。そんな折、なんか不公平じゃない
かと思ったのです。子供だから大人の言いつけを守っ
て発達を支援されるわけですが、子供に一つ約束を求
めるなら大人も何か約束しないとダメなんじゃないか
と思うんです。子供に努力を求めるなら大人も努力し
ないとずるいんじゃないかと思うんです。また、こう
して子供のために努力したことで結果を見せることが
出来れば、子供は自分も頑張らなくちゃと心が動くの
です。これは原理だと思うんですね。この子はドラえ
もんが大好きなんです。学年を考えると少し幼稚な印
象もあります。そろそろジブリ適齢期じゃないか？
と思わなくもないですが、出生時の病気の影響によっ
て心に背負うものがあり、『夢をかなえてくれるドラ
えもん』が大好きなのだと思います。サンタクロース
同様「ドラえもんなんていない」と教えることは正し
い知識であるし、現実に向き合わせることも、ある年
齢まで達すれば必要なことかもしれないのですが、そ
の前に「ドラえもんがいなくても大丈夫だよね。だっ
て君がドラえもんなんだよ。君が誰かの幸せのために、
何かが出来るんだよ」ってことを知ることが大事なん
だと思う。君のポケットにドラえもんがいるんだよっ

て。

　僕らのするべきことは「聞き分けのいい子」を育てることではなくて「自分の中の力」で生きられる子を育むことなんじゃないのかなぁ。同業者の連絡会で耳にした事例で「鍵を開けて外に出て行ってしまうことが増えた」という話がありました。この話について多くの方の反応は「出て行ってしまった」事に焦点が集まり、どうしたらこれを防げるかの視点での発言が多かったのですが、本人を担当するSW（ソーシャルワーカー）が言いました。「鍵を開けられるようになったことが、成長の証で、その事こそ大事なんじゃないかと思います」と。これは素敵な目線だと思います。確かに現実的な面を考えれば何かとリスクをはらんでいます。安全を考慮すれば、ある程度の制限も止むを得ないのかもしれません。が、しかし、その前に本人の成長を評価する目線、出来るようになったことが素晴らしいと思える価値観。これを見失ってはいけないのだと思います。高齢認知症分野のかつての「問題行動」と同じことが言えます。同じように徘徊の事例が取り扱われますが、たいていは「出て行ってしまったこと」が取り沙汰されがちですが、引きこもらずに外に出ようとした点、出かけるに至った心の動きに目を向ける人がいかに少なかったか。とても残念なことでした。転倒事故に関しても、はなはだ不謹慎ではありますが「歩くことが出来たから転んだ」という

受け止め方もあります。僕らは出来事のナーバスな面だけに支配されるのではなく、ポジティブな面にも目を向けるべきだと思います。それが未来なのです。

85「声の大きなおじいさん」

　老人ホームの管理者として働いていた時に、私の関わったお年寄りの1人です。声が大きいおじいさん、気性も荒く乱暴者です。気に入らないことがあると手が出ることもあります。バス停で自分より若いお年寄りに順番を抜かしたのなんのとしつこく絡んだ挙句、殴りかかった末に返り討ちに遭って帰ってきたこともあります。漫画のように目の周りに青あざを作っていました。まるで野良犬のようです。思い起こせば彼は入居前の見学の時点で、すでにインパクトの強烈な人物でした。

　その日、「■○◎△＃￥％＄～～～～!!」と暴力団の殴り込みさながらに、まるで怒号のような調子の大声で叫びながら、暴れ馬のように飛び込んできたおじいさんがいました。事務所にいたスタッフは一同、驚いて跳ね上がりました。一体何事かと私が丁重に伺うと「ここに住みたい！」とのことでした。ちょっとやばい人かもしれないなぁって思いつつ機嫌を損ねないようにホームを案内すると、後々入居することになる部屋で立ち止まり「ここがいい！」と上機嫌。よほど気に入ったのでしょう。館内の見学を終え手続きを説

明するためにソファへ促すと、まるでクラブで接待を受ける社長のように威張った態度でどっかりと腰掛けました。ぎょっとしたのはその後です。小脇に抱えていたポーチからおもむろに札を取り出しました。札束と呼べる額ではありませんでしたが、そこそこ高額です。おもむろにテーブルに叩き付け「手付金だ！」ときました。おいおいおいですよ。「そういうシステムではないのです」と懇切丁寧に説明してお金は仕舞ってもらいました。お帰り頂いた後も事務所ではその話でもちきりでした。

　翌朝、私に食って掛かってきた夜勤明けのスタッフさんによると、夜勤帯に数回電話がかかったと言います。内容は入居に関する相談なのですが終始理由なく怒り声だったそうです。夜勤さんには気の毒でしたが、そういうお客さんもいるのだという経験になったと思います。入居前から有名人だった彼が入居してからの事件は数限りなく。入居契約に保証人が必要なのですが家族との関係は随分前に崩壊しており、私が引き合わせたNPOの後見人と契約しました。お陰で、どうにか入居はできたのですが直後にその後見人にいちゃもんをつけて決別してしまいました。今更、出て行ってもらうわけにもいかず、慌てて代わりの後見人を探して調整したのも懐かしい思い出です。

　入居後しばらくは２〜３日おきに自宅に戻るというライフスタイルでした。一度戻るとまた２泊ぐらいは

戻ってきません。初めの内は私が自宅の様子も見に行くようにしていましたが、ペースがつかめてくると安心して施設で待てるようになりました。ところがある時、自宅へ行ったきり戻りません。どうしたことかと自宅を訪ねても、在宅の気配がないのです。いささか心配になり民生委員さんや入居前のケアマネさんと連絡を取ってみましたが、何の手がかりも得られず少し不安になりました。タイミングの話だったようで、私が聞き合わせたすぐ後に、よく馴染んだ入居前のケアマネさんを頼って電話で助けを求めたようです。私が様子うかがいに訪ねたその時も実は家にいたようです。ケアマネさんが駆け付けた時には体調を崩して弱っておられたようです。ケアマネさんに伴われてホームに戻ってこられた時にも千鳥足でしたが、相変わらず口は達者でけんか腰でした。直ぐに診察券を持っている内科にお連れして診察を受けました。医師の判断で大きな病院へ搬送することになり救急車を手配してくださいました。この救急手配も一癖あって在宅時代の行いでしょうか。こういうことがあっていいかどうかはよく解りませんから名称は伏せますが、何軒もの救急病院に患者名を告げた途端に受け入れ拒否をされてしまったので余分な時間を使いました。通常であれば付き添いの私が救急車に一緒に乗るところですが、ホームの車で来院していたこともあり、クリニックの駐車場に車を放置するわけにいかないことと帰りの足が確

保できないことも不安だったので、救急隊員に話を通して私はホームの車で救急車の後を追うことにしました。病院では待ち時間が長かったものの入院が決まりました。待ち時間が長かったのは病院に待たされたわけではなく、本人の猜疑心と診察拒否に手こずって話が進まなかったためです。とことん付き合ってくださった医師や看護師の皆さんにはいまだに頭の下がる思いです。そんなこんなでどうにかこうにか病室までお送りして私は深夜2時にホームに戻りました。翌早朝に後見人の方と連絡を取り入院に至った経過を報告し、本人は病院に受け入れてもらったが手続きが手つかずである点を説明し、極力早い段階で病院に行って頂くように話しました。大病院に入院できて治療の方針が決まりほっとしたのも束の間、治療の計画からすると明らかに早すぎるだろうという入院から数えて2日後、後見人さんに伴われて帰ってきました。病院では他の患者さんからのクレームが相次ぎ強制退院となるが早いか本人の脱走が早いかという事件。

　一事が万事、どこへ行っても大きな声で威張ってものを言うものだから相手が驚くやら恐れるやら「もう来ないでください」と何度言われたことか。人呼んで「出禁の王様」（笑）。関係する担当のケアマネさんやスタッフさんは、そんなエピソードに触れる度に嫌な顔をして「困った人」と悪口を言いました。僕も何度も困らされましたが、僕には「楽しい人」でした。僕

の仕事は、そんな彼の世間をこれ以上狭くしないように火消しと理解を求めて奔走することだと思っていました。そんな彼との思い出は思い出として私はその法人を離れました。

その後、お聞きした話では、今はもう地上での生活を終えているとの事。永遠の安息をお祈りします。旅立つ直前の話を漏れ聞くと、いかにも彼らしいなぁと思いました。入院とオペを拒否して居室で痛みと闘いながら笑顔で怒鳴りながらの大往生だったそうです。

86「地域と子供」

30人のクラスメイトがいれば性格や特性は30通り。このことは言うまでもありません。早生まれ、遅生まれで同じクラスに属していても発育の状態が違う場合もあります。また、時として病的な要因で精神や知識の面、運動面で発育の状態が違う児童もいます。ノーマリゼーションやサテライトの考え方から特別支援学級を設置していない学校では、同じクラスで共に学びます。児童たちの間の歯車がきれいに収まっている内は見ていて麗しいぐらいの状況です。子供は天使なんだなぁとさえ感じさせます。しかし精神面で病気を持つ児童（仮にA君）が不適応行動を起こすなど状況が一変することがあります。クラスメイトや保護者にとっては、ある意味で得がたい刺激を受けることになります。受容する感性が磨かれるのだと思います。そ

して当の本人を皆で見守る空気が生まれます。実はこれが落とし穴です。クラスは誰のものでしょうか？30人いればその全員が育まれなければいけません。29人の子らも見守られなければいけないのです。これはＡ君の排除を唱える話ではありませんから誤解のないように読み取ってください。たとえばベッドが足りない事情で整形外科の病棟に耳鼻科の患者が入院したとしても、患者は個々にそれぞれに必要な治療を受けるのが当たり前です。あるいは、初期のがん患者の6人部屋に末期の患者が1名いたとして、頼まれれば末期患者の治療におそらく5人は協力をするでしょう。しかし末期患者さえ穏やかに過ごせば他の患者は治療が必要ないかというとそれはありえない話です。状態に差があっても6人とも治療が必要なのです。30名のクラスは30名がそれぞれに慈しまれなければいけないのです。教師や保護者がクラスの問題としてＡ君の発育や成長に取り組むといった状況は、無理のあるノーマリゼーションです。夢中で取り組んでいるうちは気づかないことですが、却って子供たちを傷つけるのです。29人はＡ君の成長のためにそこにいるわけではなく、29人がそれぞれに成長を求めているのです。Ａ君との関わりの中で多く学ぶことはあります。だからＡ君と共に学ぶことは素晴らしいことだと思います。ただしその決意をした教師と保護者は、Ａ君に対する配慮が29人を傷つけることにならないよう

に更なる配慮をしないといけません。30人が同じように大切にされるためです。A君を受け入れるということは、A君だけを見ていれば良いのではなく、他の29人に対してその数倍の配慮が必要なのです。ノーマリゼーションとは、それほどに覚悟のいることなのです。その決意がないのであれば、A君にふさわしい学びの場を探すことがとるべき道だと考えます。その点において教師も保護者も妥協するべきではありません。

87「ロマンチック爺さんの死に様」

「もしもし、大学病院です。本日、入院された近藤様のご家族の携帯電話で間違いないですか？」「はい、そうですが……」娘はおずおずと答えた。

　在宅療養中の父親が嘔吐と共に意識消失したため救急車を呼んだ。息子、つまり倒れた父にとっては孫だが彼が支えてくれなければ、どうしていいか解らなかっただろう。動揺しながらも救急車に添乗し大学病院へ搬送された。救急隊員の温度は動揺している家族にとっては緊張感を増す要素となり娘の不安を掻き立てた。救急隊員としては病院への情報提供のために必要なことを聞いているにすぎないのだが、患者と家族は素人なのだから、けたたましく矢継ぎ早に質問を浴びせられると「怖い」と思ってしまう人もいるのだ。隊員の言葉遣いや声色によっては怒られているような

気分にさせられることもある。僕自身が施設職員として救急搬送にお供した時にも同様の経験をしているのでよく解るのだ。救急車を待つ間に意識が戻っていたこともあり車中では穏やかさを取り戻した。救急外来でのトリアージを待つ時間も思いのほか長かった。大学病院には通院、入院歴もあり本人にとってはかかりつけ、言うならば主治医でもあった。大腸がんが見つかり在宅療養に切り替えたのがほぼ1年前だった。一通りの検査を受け病室が定まった。スタッフから入院に関する諸々の説明を受け落ち着いたところで「じゃ、お父さん。着替えだとか、取りに帰るわね」そう言い置いて、一旦、自宅に戻った。何もかもやりっぱなしで出かけたから家の中は荒れていたので簡単に片付けて荷物をまとめ、支度が整ったところへ電話が鳴った。
「病棟看護師ですが、お父様が亡くなられました」
「え？　どういうことですか？」
　娘が帰った後、お父さんは彼女の名を呼んでいたと言います。救急車を待っている間も「病院へは行きたくない。救急車を断ってほしい」と訴えていたことが記憶によみがえる。自分の力で帰ろうとしたのか、お父さんはベッドに端座位の状態で息を引き取っていたところを看護師が発見したというのだ。タイミングもあり仕方がないことなのだが、入院して安心したところでの父の死を告げる連絡に動揺は隠せないし、逆恨みということは解っているが、病院に居たのに看取ら

れなかったのは病院側の手抜かりではと感情が騒ぐの
も致し方ないことだと思う。怒りと悲しみと絶望感の
渦巻く心のまま、彼女は父親の亡骸を引き取る手続き
に移らざるを得なかった。家族の都合で、すぐには葬
儀が出来ず葬儀会館に2日、余分に留め置かれること
となった。彼の亡くなった日は10月29日、彼が最愛
の妻を亡くしたのが前年の5月29日、1年半遅れての
再会だ。勿論偶然だが、愛の深さが引き起こしたミラ
クルなのかもしれない。月こそ違えど命日が同じとい
うことなのだ。ロマンチックな死に様と言ってもいい
んじゃないだろうか。こんな愛の証もあるのかな。と
いっても狙ったわけじゃないのだろうが、いい意味で
綺麗にまとまり過ぎてる。そんな風に人生を終えられ
たら素敵だとさえ思えた。

88「大好きなあなたに」

　綺麗な夜景を残したい

　美しい花や木々、森を残したい

　月を跳ねるうさぎを残したい

　美味しい水を残したい

　白い大きな雲とどこまでも広く青い空を残したい

　美しい「人の思い」を残したい

　遠くに横たわる雄大な山脈を残したい

　美しい光を残したい

　ひゅるる〜と抜けるそよ風を残したい

美しい音楽を残したい
輝く虹を残したい
美しい四季の風景を残したい
ささやく小鳥の歌を残したい
美しく輝く丘の上の小さな教会を残したい
あなたを見守る天空の星たちを残したい
美しい音色を奏でるオカリナを残したい
元気に走り回る子供たちを残したい
あたたかい心を残したい
大好きなあなたに

あとがき

　最後まで読んで下さり、ありがとうございます。

　『三度目のひげ通信』はあなたに何かを伝えることが
出来ましたか？　言葉自体に力があると良いのですが、
言葉に命を与えるのは、書き手ではなく読み手の力に
大きく委ねられています。
　「あぁ良いことが書いてあった」と言っていただけれ
ば、それは嬉しいことですが、書面に埋まっている実
りや種を掘り起こす力が、あなたにあったということ
なのです。

　本というものは読まれて初めて命が注がれるのです。
この本には沢山の思いやりや愛、まごころ、時々悲し
みがあちこちに散りばめられています。
　あなたがそれらに触れて「安心」「希望」「ぬくも
り」を感じてくだされば幸いです。

著者プロフィール

新内 飛鳥 （しんない あすか）

「疲れている者、重荷を負う者は、わたしのところに来なさい。
わたしが休ませよう。」
初めに出合ったキリストの言葉。以来、座右の銘としている。わ
たしを福祉に導いたのはこの言葉かもしれない。名城大学で法学
を、同時期に南山大学文学部に聴講生として身を置き神学を学ぶ。
多感な大学時代に出会った恩師、宣教師、友人から様々で影響を
受け福祉系のボランティアに傾倒する。先輩からの継承で筋ジス
トロフィー患者の入浴介助をしたのがきっかけ。その後、知的障
害児や精神障害のグループや母子家庭の互助グループ、視覚・聴
覚障害者のグループと関わるなどボランティア活動に積極的に取
り組んだ時期を経て、畑違いの石油流通業に従事（実家の生業だっ
たため）。10年あまりを経て50台のトラックを意のままに動かす
よりも1台の車いすを自分の手で押したいと一念発起し福祉の世
界に舞い戻った。高齢者福祉の分野でソーシャルワーカーとして
10年以上に従事した後、障害者や児童の分野を経験する。現在は
福祉の現場からは身を引き病院の事務員として従事している。
2018年に出版した『ひげ通信』の反響が思いのほか大きかった
ので翌年、2019年に『続・ひげ通信』を出版。時代は令和へと
移り5年が過ぎた。コロナパンデミック期も書き続けた。月一の
ミニコミコラム「ひげ通信」は著者が日々出合う様々な事象に関
して社会福祉士としての目線で、また一人の人間として湧き起こ
る疑念や、その回答、ある時は人に語った言葉を文字として記し
たものである。この度、縁あって『三度目のひげ通信』を世に送
り出すこととなった。感謝。

三度目のひげ通信

2023年12月15日　初版第1刷発行

著　者　新内 飛鳥

発行者　瓜谷 綱延

発行所　株式会社文芸社
　　　　〒160-0022　東京都新宿区新宿1－10－1
　　　　　　　　　電話 03-5369-3060（代表）
　　　　　　　　　　　　03-5369-2299（販売）

印　刷　株式会社文芸社

製本所　株式会社MOTOMURA

ISBN978-4-286-24735-9